PRIX : **60** *centimes.*

PIERRE VEBER

L'INNOCENTE

DU LOGIS

PARIS
ERNEST FLAMMARION, ÉDITEUR
26, rue Racine, 26.

L'INNOCENTE DU LOGIS

ÉMILE COLIN — IMPRIMERIE DE LAGNY

PIERRE VEBER

L'INNOCENTE

DU LOGIS

PARIS

ERNEST FLAMMARION, ÉDITEUR

26, RUE RACINE, PRÈS L'ODÉON

L'INNOCENTE DU LOGIS

L'AUTHENTIQUE HISTOIRE

DE

BARBE-BLEUE

A Elyane.

La voici telle qu'il sied la conter aux petites filles, afin de les préserver des irréparables curiosités. Elle ne contient pas de donjons, de coups d'épée dans les os, de cadavres sanglants, de Sœur Anne en vigie; seulement, pour simple qu'elle soit, elle n'en est pas moins triste. Car il fait plus mystérieux dans une âme un peu noble que dans tous les romans romanesques du monde.

Vous n'avez jamais entendu parler du jeune sir Max Bluebeard. Jamais les échos des journaux mondains n'ont métré la largeur du ruban de son monocle ; nul reporter ne s'est miré dans les miroirs convexes de ses souliers vernis. Un jeune lord extrêmement discret dans sa vie privée, qui ne gardait ni les lettres ni les photographies dédicacées, pas plus que les boucles de cheveux. Il se servait de sa fortune, oh ! colossale, uniquement pour égarer les opinions que l'on faisait de lui. Il avait aussi des hommes de paille qu'il donnait comme ses amis, afin d'éviter que les gens lui offrissent leur importune amitié.

Son entresol était si exquisement meublé qu'il serait fâcheux de le décrire ; on n'aurait qu'à le copier ! Et d'ailleurs personne ne l'a visité, mais tout le monde s'accordait à déclarer qu'on n'avait de mémoire d'homme vu un entresol semblable. En pleins Champs-Élysées, peut-être ? qui sait !

Le jeune lord Bluebeard avait une belle barbe noire, à ce point noire qu'elle en était bleue. Pour l'ordinaire, il la taillait en pointe. Sa figure, belle ; les yeux, beaux aussi. (Et puis, à quoi bon ces oiseux commentaires !) Il avait un

succès fou, auprès des femmes, depuis les trottins
jusqu'aux Américaines de Bourget. Qu'avait-il
fait, pour tant de succès? Il s'était donné la peine
de naître, et voilà tout. Si on savait, *avant*, ce
qu'est la peine de naître et d'être né, on ne se la
donnerait pas.

Ce jeune homme aima plusieurs femmes, non
toutes ensemble (il ne faut pas, dit le proverbe,
souffrir deux fièvres à la fois); mais successivement; il eut d'opulentes douleurs, crut, à six
reprises, tenir ce que l'on nomme communément : le Bonheur. Néanmoins ses passions
avaient beau être solides, elles n'étaient tout de
même pas bâties par les Romains. Il arrivait un
moment où... hélas! hélas, hélas!

Il rencontra une jeune fille, quelque part dans
le monde, où vous voudrez, peu importe. Tout
de suite, il pensa : « C'est *elle !* » et s'arrêta.

Eh bien, non. Ça n'est pas arrivé comme cela.
Des psychologues fraudeurs ont inventé ce
moyen commode de tourner les difficultés; dès
que le mobilier ne peut plus leur servir pour la
description de l'état d'âme, ils disent : « Un tel
eut le coup de foudre ! » et retournent à l'ameublement et s'imaginent que le tour est joué.

Il y eut de soudaines et pourtant complexes réflexions, quand la barbe bleue de sir Max fut présentée à la chevelure blonde de la jeune fille. Il avait le signalement de celle qui serait *Elle*, traits significatifs d'états d'âme complémentaires des siens, gestes prévus, comme maçonniques de la même élite, allure de pareil exil parmi les vulgarités des gens d'alentour. Pour un peu, il lui eût dit : « Tiens! c'est vous! il y a bien longtemps que je ne vous ai vue, depuis telle rêverie où je vous évoquai si prédestinée! » Mais il ne transgressa pas les convenances qui les voulaient étrangers, au moins en apparence.

Ils feignirent, malgré eux d'ailleurs, de faire connaissance, en dépit des siècles passés à s'attendre. Ils dialoguèrent, quelques minutes isolés ; entretien, certes, des plus coutumiers, si l'on ne va pas au fond des choses. Quoi? des communes relations : « Ma tante Peinedecœur connaît intimement madame votre mère. — Mon cousin Noirsouci a épousé votre amie d'enfance. — J'adore le mauve. — Moi aussi, mais j'aime bien le gros-vert, en outre. — Ah! la musique! et puis j'ai des lectures élevées, comme vous pouvez vous en rendre compte. » Et autres paroles sans conséquence, mais mots de passe échangés de citoyen à citoyenne de l'Absolu. Les yeux, eux, parlent le vrai, ce durant que les lèvres s'agitent vainement. « A propos, les robes cloches nous acheminent vers la crinoline. *Vous, vous, je suis prête à vous aimer, les temps sont venus.* — Sans doute, moins les baleines. *Je ne vous résisterai pas, je sais qu'il doit en être ainsi.* » Personne ne soupçonne l'engagement tacite ; les yeux s'apaisent vite, reflets des inutilités rangées à gauche et à droite. On se sépare. Cependant deux roses d'amour croissent en même temps.

Puis ce sont les renseignements officieux, maladroitement quémandés. D'aimables compétences prêtent leurs registres : « Mlle... oui, je sais qui vous voulez dire. Jeune fille en plein rapport, à marier, d'une contenance d'un tas de talents distingués, limitée d'un côté par la famille des Richbadern et de l'autre jouxtant les Nobleveaux ; pour traiter, s'adresser à Mme X... ou aux parents. » Causeries au bal, colloques çà et là, paroles décisives. Enfin aveu et soumission à la nécessité de s'aimer et de se le dire.

Interviennent l'indiscrétion des indifférents et l'hostilité des proposés à la malfaisance ; stations aux diverses cérémonies usitées, rencontre en quelque Opéra-Comique, à la cantonade musique des *Dragons de Villars*, quelle misère ! D'horribles formalités retardent encore de se réunir. Voici l'apparat du Jour promis, où il faut supporter une dernière fois l'assaut des fâcheux.

... Le soir, avant de monter dans le sleeping-car en voyage de noces, circulaire, parmi les finalités sensuelles, il lui dit très, très doucement : « Vous savez, je suis tout à vous, à jamais TEL QUE JE SUIS . » Elle dit un solennel : « Oui, et moi de même. » Et le train les emmena.

*
* *

Oh ! l'admirable, radieux, et parfait voyage de noces. Ils s'arrêtèrent en un coin de grève normande, où plus tard le souvenir de leurs amours célèbres et la piété des amants incompris créèrent une plage à la mode.

Pour le moment, ils étaient seuls, ou quasi, comme en un Eden dans lequel le Vaucanson de Là-Haut eût ajouté aux autres animaux des anthropoïdes à bonnet de coton et à faces d'un rouge-digestion paisible.

Là, il lui fit les honneurs de son âme si spécialement précieuse, si particulièrement plantée des plus belles orchidées, celles qui ne poussent point dans le cerveau du premier venu, de ses imaginations de serre-chaude. Et puis il avait lu tant de livres méconnus et ignorés...

Elle écoutait, ravie vraiment; jamais, même au cours de ses flirts les plus accentués, on ne l'avait menée dans une âme aussi fabuleuse. Qu'avait-elle à exhiber en échange? Sa pauvre petite âme de Cendrillon, par l'éducation meublée de chromos fadasses qu'elle se hâta de jeter dehors. Elle avait envie de pleurer, parce qu'elle ne se sentait pas « à hauteur ».

Elle le connut orné des qualités d'un Maître de viager amour; celles de ces héros de roman, combien vulgaires auprès! Et lui, souriait, enorgueilli, certes, mais heureux de s'être conservé

jusque-là digne de cette exquise admirante. Il
ne le lui envoya pas dire, et ce fut sa sottise ini-
tiale; devait-il donner barres sur lui? Non, mais
plutôt lui laisser à elle l'anxiété de n'avoir pas
produit « d'impression » et ne pas répondre « ô
merci! » quand elle lui disait : « J'aimerai ce
que vous aimez, par amour de vous, mon cher
cœur. »

Une fois, elle l'interrogea sur son passé.
« Mon aimée, fit-il soudain grave, rappelez-
vous : TEL QUE JE SUIS. Je date de notre premier
baiser, je mourrai dans notre ultime. » Elle n'in-
sista pas.

... Vers l'hiver, il convint de rentrer. Il voulait refléter à son aimée d'autres aspects du
monde, afin de la parfaire, l'estimable éleveur;
nouvelles initiations des divers Beaux-Arts, où
elle se montra de mieux en mieux subtile.

Ils durent voir des gens, contre lesquels il la
mit en garde; tout bonheur, soupçonné d'essence
hautaine, est une insulte et un vol commis envers le public : car il est interdit d'être heureux
à l'écart.

Donc ce qui devait arriver arriva, parce que
ce qui doit arriver arrive toujours, ont observé

les philosophes. Une ancienne amie, visiteuse, lui dit : « Et... tu es contente ?

— Mieux (elle eut des yeux extasiés, à l'horizon).

— Bah! ton mari est fidèle ?

— Ne suis-je point *moi*?

— Bien, bien. Je croyais... avec des préparations comme les siennes ? Car tu dois avoir des détails sur... tu sais... sa vie antérieure.

— Pas du tout. Je l'aime *tel qu'il est* et ne le connais pas en deçà.

— Tiens, c'est drôle! toutes les femmes demandent à leur mari le récit de leur jeunesse ; ça se fait.

— Ah? (et déjà elle était triste), tu crois qu'il a eu une de ces jeunesses qui se racontent?

— On le dit. Du reste, on ne possède ni les détails précis ni les noms. Enfin! au revoir, ma petite amie confiante. »

L'amie partit là-dessus, l'abominable femme. Vous entendez bien que si elle avait insisté plus, lady Bluebeard se serait levée avec un beau geste d'indignation.

Le soir, sir Max la retrouva inquiète, distraite. Elle attendit la nuit qui rend lâche pour les confidences. Elle soupira très bas : « M'aimé chéri, vous m'aimez bien ?

— Oui, je vous aime mieux que tout.

— Et... vous n'avez jamais aimé que moi ?

— Je vous aime mieux que tout !

— Oh ! vous ne voulez pas comprendre, mauvais. Vous n'avez pas aimé d'autres femmes mieux que moi ?

— Enfant imprudente, vous êtes en train de valser parmi les potiches ; prenez garde au danger de briser quelque chose.

— Hôôô ! vous me donnerez des nerfs ! Répondez aussitôt, je veux. Avez-vous aimé d'autres femmes ? »

Il lui scella les yeux de deux baisers définitifs : « Mon adorée petite femme, il existe dans la Bible une surprenante aventure de pomme. Méditez-la, je vous supplie, et dormez, car il est l'heure. »

Une première tentative, soit. Elle revint à la charge deux jours après : « Si vous voyiez combien vous êtes inconsidérée ! Remerciez-moi pour ce que je me tais. Le passé quand on l'ouvre souffle un air de mort qui glacerait notre chère plante d'amour. Je ne parlerai pas.

— Oh si, oh si ! Parlez. Je suis malheureuse au point de faire pitié à un confesseur ; le désir de savoir me pince les moelles ; je ne peux plus jouir des plaisirs de la vie, et je suis comme un pauvre chien altéré qui attend devant une source tarie.

— N'avez-vous plus confiance ? si je me tais c'est que je dois me taire. Vous ignorez, chérie, qu'il est plus horrible encore d'être jaloux du passé que d'être jaloux du présent. Ne m'interrogez pas. »

Des jours et des mois, elle l'obséda. Elle fouilla des secrétaires antiques, s'affligea de n'y rien découvrir ; des coffrets avaient dû contenir des paquets de lettres nouées de faveurs. Elle les respirait, essayant de retrouver le parfum aboli des fleurs qui s'y fanèrent. Désormais l'existence lui sembla douloureuse, tant son désir la torturait, et nulle joie en effet ne pouvait la rendre complètement libre.

Il le constatait, sa volonté n'était plus maîtresse ; il avait ordonné : « Je veux que vous n'ayez plus ce souci » et elle l'avait conservé ; il s'irritait davantage, à mesure qu'elle cessait de se contenir. Ils eurent des froideurs, presque des brouilles. Et, quand elle ne parlait pas, ses yeux, ses tenaces yeux de curiosité le suppliaient et le menaçaient. Elle prenait des détours interminables pour aboutir brusquement à la question : « Comment et qui étaient vos femmes, les aimées de jadis? » Leur amour était irrémédiablement atteint.

Lors, la voyant dépérir, pâlir et se flétrir sous l'ardeur de son souci, il fut pris d'une immense, mélancolique commisération. Un soir qu'elle n'avait plus la force de le harceler (à part ses yeux qui ne renonçaient pas!), il lui dit : « Ma chère aimée, cédez, je vous en conjure par notre amour, par vos promesses. Nous sommes à un travers de cheveu des plus grandes catastrophes. »

Elle secoua la tête : « Allez, je ne vous aime plus. »

Il se fâcha : « Serai-je donc l'éternel Lohengrin ! Vous, je vous avais choisie, à peine réfléchie, sans passion formée. Je vous avais façonnée à mon image et voici que vous aussi vous êtes atteinte de la rouille de jalousie. Soit ; interrogez-moi ? je répondrai. Maintenant, je parlerai.

— Tenez, non, j'ai peur. *Maintenant*, je ne veux plus, je renonce. Cher cœur, reprenez votre secret.

— Demain le serpent reviendra, et ce seront de nouvelles luttes, dont je suis las. Vous useriéz l'airain. Vous avez souhaité ouvrir le cabinet où dorment les Mortes du passé. Entrez, alors, et prenez du spectacle pour votre bonheur; car c'est le prix qu'il vous coûte. J'ai aimé six femmes... »

Et il les énuméra toutes. La Première, Pandora, si pâle, si frêle qu'il ne la posséda même pas, évanouie soudain plutôt que morte. Elle n'était pas moins la première, la gardienne des années de souffrance. Elle ne pouvait imaginer qn'elle eût inauguré son cœur, elle mourut du désir de connaître ce qui n'était pas.

La Seconde, Eva, l'aima longtemps; puis le désir la prit à son tour, dès lors elle fut morte à son cœur.

La Troisième, Elsa, lui surprit le secret au prix de son corps. Il la répudia, par honte de lui et d'elle.

La Quatrième, Psyché, lui vola un portrait oublié, durant qu'il dormait. Au réveil, il s'aperçut du crime et s'enfuit pour ne pas l'étrangler.

La Cinquième, Dalila, faillit le tuer ; elle s'exaspérait et son contralto s'entendait de la rue. Il lui dit le secret, et fut quitte.

La Sixième, Ophélie, le voulut apprendre aussi, et devint folle. « Maintenant, reprit-il, il n'est plus de remède. A ton tour tu entres dans le Cabinet-aux-Mortes, dans le Cabinet du Passé ; et puisque tu as failli, toi, la plus parfaite, l'élue du dernier amour, c'est qu'il n'est pas d'amour que la curiosité ne tue. Si j'avais gardé le silence, tu serais morte à la vie, non à mon cœur ; je n'ai pas eu la force de te sauver de la vie.

» A cette heure, ayant eu une union d'absolue confiance, celle-ci entachée de méfiance et de douleur ne nous siérait pas. Point de sœur Anne qui découvre les cavaliers d'espoir, du haut de la Tour ; tout est fini. Adieu. » Il baisa longuement ses lèvres, tandis qu'elle pleurait, et l'ayant étendue droite sur sa couche et les mains jointes comme une fiancée défunte, il partit pour ne plus revenir.

Depuis, la Septième Femme de Barbe-Bleue erre à travers le monde, à la recherche de son

époux. Vêtue du lilas des veuves, elle pleure sa
fâcheuse faiblesse, et si elle s'arrête, elle ra-
conte pour l'édification des petites filles son histoire, la déplorable histoire de Perdita.

LES INONDÉS DU MONT ARARAT

A Paul Hervieu.

Lorsque le directeur de l'*Intègre Quotidien*, grand journal du soir, eut parcouru la dépêche de l'Agence Pravaz, il murmura : « Tiens, tiens ! » sans plus, et posa, en signe de réflexion, son index droit contre le côté droit de son nez.

Ah ! cet index contre ce nez ! Qui ne connaît le signe ? En 1895, lors des troubles polonais, cet index s'est placé contre ce nez, et le terrible tsar des Russies fut interviewé. En 1894, le Congo se souleva : cet index conjoignit ce nez

directorial, et un reporter alla explorer l'âme de
Béhanzin en personne au milieu de son armée.
Trois mois plus tard Jack l'Éventreur réitéra
ses exploits : cet index se dressa, et le surlen-
demain l'*Intègre* publiait : « Une journée chez
Jack l'Éventreur. » Cet index se levait dans les
grandes occasions contre le nez sceptique et
flaireur d'actualité ; et les badauds, les cercles
politiques, les salons, les n'importe-qui, le
Tout-le-Monde de tous les jours, s'interro-
geaient : « Qu'est-ce qu'il va advenir de notre
opinion ? » Et depuis les plus petits publicistes
à un sou la ligne jusqu'aux plus grands à pont
d'or, un chacun guettait l'index comme les mu-
siciens guettent le bâton du chef d'orchestre.

Or l'index s'était levé sur ce télégramme :

La Province de l'Ararat (Arménie) vient d'être
cruellement éprouvée par un épouvantable sinistre. A la suite des pluies d'automne, qui durent parfois quarante jours et quarante nuits,
les torrents, subitement grossis, ont envahi les
vallées. En quelques heures l'eau couvrit le plat
pays, inonda les fermes ; puis, montant sans
cesse, refoula et cerna les habitants sur la col-

line de l'Ararat. Seule, une famille parvint à se sauver ; sur un radeau de troncs d'arbres les survivants entassèrent leurs meubles les plus précieux, le bétail, les instruments de culture, les vivres, les femmes, les enfants, un ou deux vieillards. Le radeau s'abandonna à la merci des éléments.

» Au bout de cinq à six semaines, les vivres vinrent à manquer ; comme les eaux baissaient le radeau put atterrir. Mais les pauvres naufragés se trouvent dans un état de dénûment complet ; les maisons emportées, les récoltes dispersées, les terres couvertes de limon, tel est l'état du pays. Dans ces conditions, l'existence n'offre plus qu'un intérêt très restreint ; tout porte à croire que les malheureuses victimes auront renoncé à la vivre quand même, et auront disparu à l'heure où paraîtront ces lignes. »

Voilà ce que disait la prose fleurie du correspondant de l'Agence Pravaz. L'index s'abattit sur le pistil d'une sonnette électrique ; au garçon qui entrait, le directeur ordonna : « Si Mme Hunetelle est au journal, priez-la de venir

tout de suite me parler. » Mme Hunetelle entra,
grande femme sèche, vêtue de couleurs qui, sur
toute autre, eussent semblé voyantes. Un conti-
nuel attendrissement lubrifiait ses prunelles ;
les cheveux, eux aussi, étaient de couleur trop
voyante ; la mâchoire, laissée à découvert par
les lèvres, tenait à prouver que rien ne manquait à son clavier de dents : la nature prévoyante gratifia les femmes écrivains de denti-
tions exceptionnelles.

Le directeur lui tendit le ci-dessus papier :
« Lisez-moi cette dépêche, Hunetelle, et dites-
moi ce qu'elle vous suggère. » La chère dame
parcourut la dépêche et déclara avec une parfaite ingénuité : « Ça ne me suggère rien du
tout ; vos noyés manquent d'intérêt. Où est-il
placé, seulement, le mont Ararat ! Vous avez
jamais entendu parler du mont Ararat ? Ah ! si
vous m'offriez un joli coup de grisou, un incendie soigné dans une cité de chiffonniers, même
pas, un petit pioupiou mort d'insolation, à la
bonne heure ! Mais ça... peuh !... »

Elle eut une moue de dédain : le sinistre n'é-
tait pas dans la zone de sa pitié.

Le directeur ne s'émut pas : « Hunetelle,

comme vous baissez ! Le mont Ararat est en
Arménie ; les habitants y trafiquent ce que vous
voudrez, ça m'est égal, mais il me faut demain
deux cents lignes de vous là-dessus ; et chaud,
chaud, votre beau talent ! Je publie la dépêche
(*un temps*)... *et je vous autorise à ouvrir une sous-*
cription pour les inondés du mont Ararat. » Aussitôt Mme Hunetelle de s'écrier : « Que ne le di-
siez-vous ! Ma plume est au service des déshé-
rités, sans distinction de pays. » Elle se rua sur
sa plume, écrivit deux cents lignes en moins de
temps qu'il n'en eût fallu pour les penser, et remit le paquet au directeur.

C'est le fameux article intitulé LES EAUX
CRUELLES, qui eut un si formidable succès et fit
pleurer à tous les étages, de la loge à la mansarde, à croire que l'inondation allait recommencer ici.

Ça débutait par un riant tableau de la vie pas-
torale en Arménie, et particulièrement dans
l'Ararat ; âmes paisibles, sans remords, près de
la nature, filant l'innocence en plein air ; détails
sur les mœurs du pays, d'après le célèbre voya-
geur Pierre Larousse.

« Et voici qu'une nuit, les eaux cruelles, les

eaux mauvaises vinrent en tapinois, comme le
voleur de brebis, couvrant l'espoir des mois-
sons fécondes, l'or des blés, la joie des seigles,
les avoines gonflant le corset de l'épi. Elles en-
vahissent les maisons, étouffent le pauvre bébé
dans son berceau, la vieille maman dans le lit
des ancêtres. Crevez, les mâles ! crevez, les
forts et les vaillants ! L'eau sinistre accomplit
sa besogne de ténèbres. »

Troisième partie :

« Je ne suis pas une chrétienne ; je ne suis pas
une athée non plus : je crois à un Dieu de pitié
pour les miséreux. Et mon cœur de Française
et de mère saigne à l'idée que Dieu fut assez
injuste pour permettre cela. Oh ! les eaux sour-
noises, les eaux infâmes qui épargnent le monde
lâche et vil qui nous entoure pour aller tuer,
là-bas, ces innocents, les pasteurs et leurs tou-
tous fidèles, et patati et patata... »

Quatrième partie :

« Que vont-ils devenir, les pauvres ? Ceux qui

sont morts sont plus heureux que ceux qui sont
vivants, disait ma grand'mère, etc., etc. Aussi,
je vous crie : « Pitié pour les survivants ! pitié
pour mes frères d'Arménie ! Ils ont la faim au
cœur, le désespoir au ventre : donnez pour
qu'ils se rassasient. Allons, les mères ! donnez
aux vieilles mamans, donnez aux vieilles aïeules,
donnez au bébé qui ouvre de grands yeux
étonnés, etc., etc.; donnez au pauvre toutou
qui, etc., etc. Qui donne aux pauvres prête à
moi et à Dieu. Tarissez les eaux cruelles, les
larmes ! »

Les souscriptions affluèrent aux bureaux de
l'*Intègre*. De temps à autre, Mme Hunetelle ra-
nimait l'enthousiasme par un nouveau mandement. Les autres journaux ouvrirent aussi des
souscriptions : le *Réac*, le *Modéré*, la *Gaîté
française*, la *Situation*, le *Rigolo* luttaient à qui
obtiendrait le plus gros chiffre.

Des listes, publiées chaque jour, soutenaient
l'émulation des généreux donateurs.

Il y avait ceux qui donnaient cent francs, et
qui ne donnaient pas leur nom.

Il y avait ceux qui donnaient cent sous, et qui donnaient leur nom tout au long.

Il y avait surtout ceux qui donnaient deux sous, leurs noms et prénoms, plus de copieuses appréciations, maximes, des aphorismes, des professions de foi.

Les patriotes : « Vive la France et ses colonies !... 0 fr. 75. »

Les intransigeants : « France, pense aussi à tes frères captifs !... 0 fr. 15. »

Les enragés : « Un qui, dans ce qu'il est, est plus charitable que les bourgeois !... 0 fr. 20. »

Les émus : « Infortunées victimes, nous sommes là... 0 fr. 35. »

Les spirituels : « Un rosse-si-gnole et un sans-son-nez... 0 fr. 50. »

Les tendres : « Totor de Batignolles et sa Ninie chérie... 0 fr. 25. »

Les joueurs : « Produit d'un rams au café de l'Aigle, à Nevers... 2 fr. 30. »

Il y avait aussi les malins, les commerçants qui ne laissent pas échapper l'occasion d'une belle annonce au rabais : « Mallard, épicerie en tous genres, liqueurs en gros, vins de propriétaire, produits de premier choix, primeurs, pâtés de Strasbourg, confitures de Bar, maison de premier ordre, prix très modérés, crédit, 275, rue Cadet : pour les pauvres inondés... 3 francs. »

On avait déjà recueilli deux cent mille francs, somme suffisante, si l'on considère que le radeau ne pouvait contenir guère plus de vingt naufragés. Mais à Paris, dès que la charité débâcle, elle ne s'arrête plus.

Le directeur de l'*Intègre* commençait à s'amuser prodigieusement ; cet excellent homme aimait à vérifier le snobisme de ses contemporains, il eût été désolé d'arrêter son plaisir en envoyant à qui de droit les sommes encaissées ; afin de faire durer ce plaisir, l'homme à l'index, fidèle à son principe : «Ne te mets pas en avant, crainte des coups ! » suggéra à ses confrères l'idée qui lui était échue : « Pourquoi ne donneriez-vous pas des fêtes au profit des inondés? »

Mais comment donc? Deux fêtes, trois fêtes, toutes les fêtes imaginables !

Premièrement on élut un comité-directeur, comme il sied, dit « Comité des Fêtes ». On y installa ce qu'il y avait de mieux comme publicistes, la mère-fleur, les plus joviaus, les plus allègres, les plus débrouillards, les plus remuants.

O joie du ciel ! un vent de réjouissance parcourt à l'instant les salles de rédaction ; la masse des besogneux de lettres quitte la pêche à la ligne pour se porter vers cette aubaine. La Presse se devait de secourir les infortunés du mont Ararat.

Et les commissions s'organisèrent : commission de pavoisement, commission d'emplacement, commission musicale, commission théâtrale, commission d'éclairage, commission de publicité, commission des boissons, commission des costumes, et les sous-commissions d'icelles, et les contre-commissions, et les sections, et les départements, et ainsi de suite, à l'infini. Une gigantesque paperasserie se mit à éclore comme des morilles sous un coup de soleil. Des en-têtes compliqués poussèrent soudainement sur les papiers à lettres ; des noms sur les cartes se fleurirent de titres : *secrétaire de...*, *président du comité de...*, *commissaire de...*

Or, il y avait à Paris d'humbles citoyens exerçant, presque pour la Muse, la profession de bottiers, chemisiers, tailleurs de journalistes, et ces gens entrevirent le moment où ils seraient payés...

*
* *

D'abord, on s'observa. Lors de la réunion générale des commissions, au Grand-Véfour, le président, au milieu de son allocution (certes vibrante de patriotisme et de charité), glissa une insidieuse petite phrase sur « la probité qui doit être la qualité des détenteurs de l'argent des pauvres ». Ce ne fut qu'une gêne passagère.

On arrêta le programme : I, Fête vénitienne sur le grand lac du bois ; le ministre de la Marine prêterait un torpilleur ; II, Gala au Théâtre-Français ; III, Fête aérienne sur la Tour ; IV, Bal paré à l'Odéon ; V, Vente de charité, et cantate et souper dans la Galerie des Machines. Les salles étaient offertes gratuitement : les administrations de l'État ne demandaient aucune rétribution ; quelques fournisseurs proposaient déjà des dons en marchandises, à titre de bien-

fait et de publicité. On comptait sur deux millions de recettes : il resterait donc, tous frais
défalqués, un million et demi pour les inondés.
L'enthousiasme avait achevé sa croissance !

La situation se dessina à la Première Commission, dite d'Emplacement ; M. Zaïde, du
Modéré, interpella le président : « Il va sans
dire que les frais de voiture sont à la charge de
la caisse, hein ?

— Certainement, mon cher confrère.

— Et comme il y a des repas à prendre en
commun pour ne pas perdre de temps et dis-
cuter pendant qu'on se restaure, il n'est que
juste que nous soyons indemnisés, n'est-ce pas?

— A coup sûr !

— Plus les frais de secrétariat, timbres,
commissionnaires, papeterie, location de salles
de réunion, etc.

— Messieurs, vous avez carte blanche. Tous
vos frais vous seront remboursés, et vous avez
droit à une provision sur l'argent déjà recueilli.
D'ailleurs, il ne faut pas que vous ayez à souffrir dans vos intérêts habituels...

— Non, il ne le faut à aucun prix ! affirma la
foule.

— Aussi une allocation quotidienne vous sera concédée à titre de dédommagement. »

Un authentique et unanime sourire d'aise égaya les figures des commissaires. Chacun d'eux reçut un petit carnet à souches de *Bons sur la caisse des Inondés*. Et ce soir même les bottiers, tailleurs, chemisiers de journalistes, apprenaient enfin que tout vient à point à qui sait attendre.

Deux jours après, la situation se précisa, dans la réunion de la commission d'Éclairage, la si bien nommée! On parlait lampions, du prix courant des lanternes, du cours des verres de couleur. M. Chause du *Réac* éleva la voix, négligemment, comme un qui a le cœur en forme de lys immaculé : « Ne vous torturez pas les méninges en pure perte ; j'ai un vieil ami à moi qui vend des lampions, un être très charitable : par égard pour moi, il vous cédera le matériel à des prix dérisoires de bon marché. J'en fais mon affaire. »

Trente voix indignées lui répondirent : « Ah! non, non ! Nous aussi, nous avons de vieux amis remplis d'abnégation et qui vendent des lampions. Nous voulons aussi *en faire nos affaires* : ne songez pas qu'à vous.

— Prétendez-vous incriminer ma probité ? Je ne le souffrirai pas !

— Vieux farceur !

— Messieurs, on m'insulte !

— Voyons, concilia le trésorier, il y en a pour tout le monde ; il s'agit de s'entendre. M. Chause partagera avec ses collègues, c'est ce qu'il voulait dire. Nous sommes trente : sur 150, 000 francs d'éclairage, 10 p. 100 de commission, allez : c'est 500 francs par figure. Il faut être juste. » Chause se tut, vaincu.

La même scène se joua, réplique pour réplique, dans les autres commissions, depuis celle des *Drapeaux* jusqu'à celle des *Petits-Fours*.

Les querelles apaisées, les spécialités réparties, la grande machine administrative fonctionna. Le délai de préparation était d'un mois, les inondés attendraient bien un mois avant de manger, rien ne pressait. Afin de les faire patienter, on publia le programme des fêtes ; de grandes affiches jaunes rapiécèrent les murs des monuments publics.

Par provision, les commissaires entamèrent

la fête ; quel âge d'or ! Il urgeait de les vêtir décemment, ce qui fut effectué : les bons sur la caisse, nouvelle monnaie, s'envolèrent aux quatre coins de Paris, ainsi que les feuilles détachées par le vent d'automne.

Ces messieurs avaient loué des landaus au mois, histoire d'économiser le temps, en anglais *money*, et comme il n'est pas bon que l'homme soit seul, ils se faisaient tenir compagnie par de jeunes créatures, jolies pour la plupart et maquillées de bonnes intentions à l'égard des pauvres victimes.

Parfois on arrêtait les landaus devant quelque brasserie ; ces messieurs aidaient ces dames à descendre ; on prenait l'apéritif en devisant de l'excellence de la vie, combien elle est douce à passer au philosophe que rien n'émeut, comme il est bon d'être au monde et d'aimer. On repartait vers les restaurants, on commandait des repas réparateurs, et, le café pris, on laissait une feuille du carnet à souches.

L'après-midi (car les affaires sont les affaires), ces messieurs vaquaient à leurs occupations chez les divers marchands de denrées, et toujours en retiraient un profit qui n'était pas petit.

assurément. Encore l'apéritif ; puis le dîner,
joyeux après une journée de labeur ; le soir, enquête minutieuse dans les lieux de plaisir, souper, et chacun allait reposer sa tête sur l'oreiller
de sa chacune. Ah ! se laisser mener ainsi, sans
souci du lendemain, au gré des divertissements
du jour, la vraie sagesse !

Ces messieurs avaient le sentiment de la
famille très développé ; les moindres de leurs
proches, les bâtards de leurs apothicaires furent
pourvus de fonctions quelconques : commissaires compteurs de minutes pour fiacres,
experts d'huiles à lumignons, essayeurs de
mise en scène, etc., etc.

Ceux qui eurent le plus d'agrément furent les
membres de la commission Théâtrale, chargés
de recruter le gracieux concours des célébrités
dramatiques. Ils accomplirent leur tâche cons-
ciencieusement, y gagnèrent de devenir préma-
turément ataxiques. Le résultat parut étrange ;
en effet, ils avaient engagé tant et tant de chan-
teuses, diseuses, danseuses et tragédiennes,
qu'il eût fallu plusieurs semaines pour que toutes
se produisissent devant le public, ne fût-ce que

trois minutes. On comptait que « ça se tasserait ».

La commission des Boissons ne dessaoula pas pendant trente jours ; c'étaient de robustes et chevronnés buveurs, éprouvés par les plus âpres cocktails, trempés au jus des plus épaisses absinthes ; ils ne buvaient que par lampées et tarissaient sans rouler des quantités insolites de flacons. Le souvenir de leurs promenades dans le quartier des liquoristes est encore vivant aujourd'hui : ce fut héroïque, grandiose. Ils descendaient à quinze chez les fabricants de champagne, s'attablaient, et tenaient tête à leur raison durant des nuits : on les sortait de la boutique les pieds devant.

La commission des Comestibles élabora des gastralgies inconnues encore ; la bombance y était perpétuelle. Le cancer des fumeurs sévit dans le sein de la commission des Cigares, malgré qu'une partie des havanes revînt au fournisseur par des chemins ténébreux. La commission de la Vente de charité se mit dans ses meubles pour plusieurs années.

La commission Musicale tripota dans l'achat des partitions, dans les commandes d'hymnes,

de retraites arméniennes, de rapsodies arméniennes, de ballets arméniens, d'airs nationaux,
etc., etc. Les traités passés avec les chefs d'orchestre sont restés des modèles d'obscurité et
d'escroquerie.

Le travail était à ce point divisé que les con-
flits des attributions se multipliaient. Dans ces
occurrences, on s'abstenait ; on se renvoyait la
tâche de bureau à bureau. Des reproches et des
gifles. Les grincheux parlèrent de « dévoiler les
scandales ». Ils se turent toutefois : le silence
est d'or.

Il advint des difficultés telles que celle-ci : le
comité Naval réclamait des figurants pour une
gondole arménienne ; à qui s'adresser ? La
commission Théâtrale renvoya la demande à la
commission des Costumes, qui la renvoya à la
commission des Ballets, qui la renvoya à la
commission de Publicité, qui omit de répondre.
Au bout de quelques séances, le brouillamini de
réclamations, de contre-ordres, de démarches,
de commandes, fut inextricable.

Mais, chose miraculeuse et tout à fait conforme à l'esprit national : personne ne s'occupait

sérieusement des fêtes, et néanmoins on fut
prêt à l'heure dite.

*
* *

Il était temps ; le public murmurait.

Depuis deux semaines, les fêtes franco-armé-
niennes surchauffaient les imaginations ; les
pianos mâchaient la retraite arménienne ; une
troupe d'Arméniens en costume national débuta
aux Folies-Bergère ; c'étaient d'ailleurs des
Hongrois déguisés en Persans qui jouaient des
valses de Strauss et dansaient la cosaque : ils
furent acclamés.

Le drapeau arménien pavoisait les fenêtres.
On ignorait la structure dudit emblème, Larousse était muet sur ce point ; aussi imagina-t-
on qu'il était violet sombre, barré d'une croix
écarlate. Pourquoi pas ? L'article Paris mit au
jour les objets les plus disparates, à base d'Arménie. Partout se chantait une scie : « Ararat-
boum-di-ay ! »

Voici venu le jour de la Fête nautique : vous

en avez lu le compte rendu dans les journaux de l'époque. Les notabilités du Tout-Paris, au grand complet. Ça se passa très bien : le torpilleur refusa d'évoluer et une équipe de figurants faillit se noyer. Feu d'artifice ; au bouquet, l'Arménie à genoux tendant une sébile. Air national arménien. La recette dépassa les prévisions.

Très réussi également, le gala au Théâtre-Français. Le Tout-Paris encore au complet. De neuf heures du soir à trois heures du matin, défilèrent les « gracieux concours ».

On eut : le 1er acte de la *Belle-Hélène*, le 2e acte d'*Hamlet*, le 3e acte de *Polyeucte*, le 4e acte mi-partie de la *Cigale* mi-partie du *Courrier de Lyon*, le 5e acte des *Huguenots*. Les étrangers, venus par hasard, trouvèrent que le drame manquait de suite.

Après, vinrent les Arméniens chantants et dansants, des monologues, des chansonnettes, et l'air national arménien pour clore. Recette merveilleuse !

Fête aérienne à la Tour ; encore des feux d'artifice, des ballons, des fontaines lumineuses, orchestre et air national, kermesse. Le Tout-

Paris au complet, un peu pâle, pourtant. Recette énorme !

Quatrième jour. Grand bal paré à l'Odéon. Toujours le Tout-Paris au complet, visiblement fatigué; fleurs, illuminations féeriques; ces messieurs des commissions se multipliaient, l'insigne à la boutonnière. Vers deux heures, ça dégénéra ; la chorégraphie devint houleuse; les honnêtes femmes qui vont à pied ne s'étaient jamais autant amusées ; on aurait souhaité d'autres sinistrés à secourir. Au petit jour, après l'air national arménien, quand on compta la recette, on constata qu'elle s'obstinait à dépasser les prévisions.

Dernier jour. Vente de charité et fête à la Galerie des Machines. Le Tout-Paris de plus en plus au grand complet, mais que vanné! Comme l'a dit le compte rendu du célèbre Chause, « les plus grands noms de France versaient à boire à la Haute Finance ». Une duchesse tenait le tournevire, auprès du tir où officiait Mlle Zozo Moncado, du théâtre des Gauloiseries ; une marquise priait les passants au jeu de massacre, tandis que Mlle Chozette, sans profession, trayait les vaches dans le village arménien ; la baraque des Bohémiens (le ballet de l'Opéra et la musique du Conservatoire) fit un argent fou.

A dix heures, sur l'immense scène du fond, la cantate *Armenia* fut jouée; orchestre de 1,500 exécutants, 4,000 choristes, 6,000 figurants. Le sujet? On le pressent : une allégorie pour sourds-muets, où la France sauvait des eaux l'Arménie. Hymne arménien.

Le souper; l'orgie romaine. Il disparut des milliers de bouteilles de champagne, des tonnes de charcuterie fine, des monceaux de viandes froides, des nuées de perdreaux rôtis; le vieux bordeaux saigna à flots; les pâtisseries monumentales s'écroulaient en miettes. Ces messieurs et leurs dames mangèrent pour le restant de leurs jours. Quand on desservit, on dut enlever une colline de vaisselle cassée.

Le Tout-Paris rentra se coucher, définitivement.

*
* *

Ce fut le moment de vérifier les comptes; en

trois fois vingt-quatre heures, une nuée de factures s'abattit sur la *Commission du budget.*
L'armée des secrétaires se mit au travail; on
établit la balance des recettes et des dépenses.
Conclusion inattendue : les inondés du mont
Ararat DEVAIENT 600 francs à la caisse!
Comment s'y étaient-ils pris? Mystère. Le produit des souscriptions était depuis longtemps
absorbé.

Alors, seulement, on se souvint que l'on avait
jadis nommé une Commission de surveillance.
Elle fut priée d'entrer en exercice (un peu tard
peut-être?) et de rechercher les erreurs de
comptes ou les fraudes s'il y avait lieu. Avec la
meilleure volonté du monde, on ne pouvait pas
réclamer de l'argent aux victimes.

La commission de surveillance s'exécuta, et
fouilla les registres de dépenses. Entre autres
choses instructives, elle apprit que la cantate
avait coûté deux cent mille francs; les gracieux
concours étaient rétribués à des taux de cachet
insensés. A l'article *Frais de voitures,* elle apprit
que le jour de fiacre ne comptait pas moins de
48 heures; à l'article *Personnel,* des êtres my-
thiques touchaient des émoluments pour des

fonctions irrévées. Les factures des restaura-
teurs attestaient des repas de corps très pro-
longés. Que venaient faire là, à l'article *Dépenses
urgentes*, les bijoutiers, les marchandes de nouveautés pour dames, les corsetières, les ébé-
nistes et les orthopédistes ? Le carrossier manquait de discrétion, mais les entrepreneurs du
souper étaient cyniques. Et que de drapeaux,
que de lampions, que d'huile, que d'huile ! Les
Hongrois avaient poussé l'audace jusqu'à envoyer leurs notes de blanchisseuses. Les ru-
briques extraordinaires se succédaient : *Pertes
au jeu, Pari mutuel, Bains sulfureux* et autres
plus scabreuses encore.

La responsabilité de la *Commission de surveillance* était flagrante. Il fallait payer ; quant à
retrouver l'argent dans les poches des prévari-
cateurs, autant faire des sorbets avec les neiges
d'antan... Que diraient les victimes ? que diraient
les souscripteurs ? que dirait l'étranger, qui nous
surveille ? que dirait surtout le Parquet, qui serait
sûrement saisi de l'affaire ! (Il y avait de quoi
être saisi !)

Ils allèrent demander conseil au directeur de
l'*Intègre*. Il s'amusait impérialement, le direc-

teur de l'*Intègre* : le plaisir qu'il s'était promis
comblait ses vœux. Il fit asseoir les commissaires, et, après avoir écouté leurs doléances, il
les consola. Voyons, tout n'était pas perdu, que
diable ! Puis il ajouta : « Je dois vous lire une
lettre par moi reçue la veille des Fêtes ; j'ai
négligé de la publier pour des raisons que votre
haute sagacité appréciera. Elle vient d'Arménie,
ce qui explique le retard qu'elle a subi :

« Monsieur le Directeur de l'*Intègre*,

» Depuis vingt ans, j'habite au pied de l'Ararat ; je suis donc à même de vous donner à son
sujet les meilleures informations. 1° L'Ararat n'est
point peuplé ; 2° il a plus de cinq mille mètres
d'altitude : dans ces conditions, il est douteux
qu'il soit jamais inondé. D'ailleurs, ça n'aurait
pas de grands inconvénients, puisque la popu-
lation n'existe que pour mémoire. Je vous
remercie pour elle, elle ne demande rien.
» Je ne crois pas que des inondations se soient
produites actuellement dans nos vallées ; au
moins ne sont-elles pas de date récente. La

dernière dont il soitfait mention date de quelques
milliers d'années avant l'ère chrétienne. A cette
époque, un certain Noé se sauva sur un radeau
en forme d'arche, avec sa famille et le bétail de
sa ferme. Il est mort depuis longtemps ; ses
descendants s'occupent de finance en Europe,
mènent une vie aisée et n'ont pas besoin des
sommes que votre sollicitude destinait à leur
aïeul. Je crains que vous n'ayez été dupes d'un
blâmable fumiste. Acceptez-en mes condoléances jointes à mes salutations empressées.

» DUPONT-BEY. »

Un silence : le thermomètre baisse de plusieurs degrés.

« Messieurs, reprit l'homme ironique, ne
vous frappez pas l'imagination. Paris s'est amusé
pendant un mois ; l'actualité n'a pas chômé ;
quelques pauvres hères, infiniment plus intéres-
sants que vos fictifs inondés, ont joui d'une certaine aisance. Que voulez-vous de plus ? J'estime
qu'après réflexion vous conclurez avec moi qu'il
ne reste plus qu'à étouffer l'affaire.

— C'est ça, étouffons l'affaire, répéta le chœur
des commissaires rasséréné.

On étouffa l'affaire.

Ceci se passait en octobre 1895, un peu avant cette grève de mineurs, vous savez, au cours de laquelle tant de malheureux moururent de faim et de froid. Ah! si seulement ils avaient été Arméniens!

BRELAN DE ROIS

A Théodor de Wyzewa.

... Il a été décrété que, pour notre enseignement, la douloureuse vie du Christ recommen-
cerait chaque année. Chaque année la crèche de
Bethléem sert de berceau à l'Enfant divin, et des
trois coins du monde les trois rois Mages se
mettent en route vers l'Etable, guidés par une
étoile merveilleuse que nous autres libres-penseurs nous ne voyons pas, étant myopes depuis
le collège et porteurs de monocles d'incrédu-
lité.

Cette année, selon la coutume, ils se sont mis

4

en route : Balthazar, le roi chaldéen riche de science, dépositaire des secrets redoutables qui transmuent en or toutes choses, y compris les consciences ; Melchior, le roi philosophe, aux rigoureuses logiques, et Gaspar, le pauvre roi noir qui ne sait que vivre au gré du monde comme-il-va.

Par ce triste soir d'Epiphanie, où la neige s'est fait excuser, ils se rencontrent près de l'arbre qui depuis deux mille ans leur est assigné pour rendez-vous. « Nous venons voir l'Enfant-Dieu, dit Melchior ; mais le trouverons-nous ? Voici plusieurs années qu'il dépérit, tant il fait froid de doute sur la terre de maintenant. Au Noël dernier, il faillit nous passer entre les mains.

— Les bergers ne sont pas là. Déjà, il y a douze mois, ils se sont abstenus : mauvais présage, l'Etoile brille faiblement, comme à travers un crêpe. Or, la science nous apprend que les planètes pleurent sur le sort des hommes et des dieux.

— J'ai parcouru le monde, et je n'ai trouvé qu'indifférence. Le temps est mauvais pour les démiurges anthropomorphes, en vérité. Si nous

allions trouver la crèche vide ! L'Enfant n'aura
pas voulu descendre, l'Etable est moins éclairée
que de coutume.

— Ne parlez pas ainsi, leur dit Gaspar; il ne
se peut qu'il nous déçoive. »

Ils gagnèrent l'Etable sainte et poussèrent la
porte. Au-dessus de la crèche, un squelette de
bœuf et un fantôme d'âne veillaient. La Vierge,
auprès, pleurait en silence. Et ce qui rendait
l'étable si triste et si sombre, c'est que l'auréole
de l'Enfant, la somptueuse auréole d'allégresse,
ne brillait plus.

Un vieux et décrépit saint Joseph alla au-de-
vant des Rois et leur dit : « Entrez et voyez
les siècles sont consommés. Aujourd'hui, c'est
notre dernier rendez-vous, et la nuit envahira
la terre.

— Oh ! lamenta Gaspar, vous l'aviez prévu,
l'Enfant n'a pas daigné paraître.

— Non, reprit le vieil homme, l'Enfant est
venu, mais il est mort. On l'a déposé dans la
crèche, où nul souffle ne le réchauffera désormais. Remportez votre encens, votre myrrhe et
les joyaux précieux. Il nous faut des tentures
funèbres. Le Dieu est mort. » Les sanglots de

la Vierge redoublaient; car, vous le savez, ce
sont de tout temps les femmes qui pleurèrent
les religions défuntes.

Il y eut un silence d'actives réflexions. Quand
le matin fut proche, les trois Rois aidèrent saint
Joseph à ensevelir le petit cadavre; le manteau
de Gaspar lui servit de linceul et la crèche lui
servit de cercueil. Sur la tombe on planta une
aubépine blanche. Puis les trois Rois partirent
vers l'Orient : en levant la tête, ils virent que
l'Etoile s'était éteinte.

Alors Balthazar, le roi chaldéen, parla le
premier : « Enfin, mes yeux s'ouvrent, je ne
suis plus dupe des folies qui m'égaraient depuis
tant de siècles. Les données de la science s'op-
posent à ce qu'un enfant naisse d'une vierge; il
est faux que l'on puisse changer de l'eau en vin
et multiplier les pains et les poissons, à moins
de subterfuge. Un mort ne peut ressusciter; un
homme ne peut monter vers les nuages sans
l'aide de pennes, comme le fit Dédale, ou d'oiseaux comme le fit Ganymède. Cet enfant que
j'enterrai était un enfant comme tous les autres;
l'âne était un âne ordinaire, et moi aussi, je suis
un mage ordinaire. Le bonhomme Joseph est un

Géronte ; il n'y a de vrai que la vérité scienti-
fique ; rien n'existe hors de la substance grise,
dont j'ai ma suffisance. »

Melchior, le roi blanc, parla ensuite : « La
Philosophie nous enseigne à douter de tout ;
pourquoi ai-je cru en un Dieu incarné ? Pure
démence ; Dieu, en effet, se résout en un pan-
théisme si vague, que l'admettre équivaut à le
nier. Donc, l'Univers ne peut avoir des enfants ;
donc, j'ai été 2,000 fois sot en visitant cette
crèche au lieu de siffloter de petites fugues
anodines sur le flageolet de l'idéologie, au lieu
d'admirer soit comme les choses se reflètent en
moi, soit comme je me reflète dans les choses.
La théodicée a juste la valeur d'un jeu de cubes
pour enfants. Bien, bien ; on ne m'y reprendra
plus. »

Mais Gaspar, le roi noir, se récria et les
blâma, disant : « Ainsi vous êtes à ce point de
faiblesse ! Pour accepter le mystère, il n'était
point besoin de science, et ce qu'il avait surtout
d'admirable, c'est que moi, votre inférieur, je
l'atteignais avec la Foi avant vous qui le cher-
chiez avec la Raison. Dès une éternité, nous
avons crié vers l'Enfant, afin qu'il n'y eût plus

de certitude que pour vous seuls. Lorsqu'il est venu, vous l'avez accepté. Mais puisqu'il gênait votre orgueil, vous vous êtes efforcés de le tuer en nous. Maintenant, vous feignez de découvrir la vérité.

» Pour moi qui n'ai jamais pénétré les choses que par l'amour, je retourne plein de confiance vers mon pays; car il me faut des légendes douces et du mysticisme, afin d'adoucir mon stage en cette vie surnuméraire de l'Au-Delà. Et l'an prochain, je reviendrai voir si l'Enfant est né, et de même tous les ans, parce qu'il subsistera toujours en moi le désir de croire, à part de toute croyance. A ce seul prix, je suis heureux. »

Balthazar et Melchior, un peu dédaigneux, un peu envieux aussi : « C'est vous qui êtes heureux, dirent-ils au roi nègre ! Eh bien ! continuez ! »

... Or, comme ils revenaient près de l'Etable, ils virent que l'aubépine avait fleuri.

UN CHAPITRE DE « CANDIDE »

Mᵐᵉ R..., l'héroïne du drame
de la rue du R... et qui fut, on
s'en souvient, acquittée par les
jurés de la Seine, est en ce moment à Cannes.

«.,. Les caprices de ses poumons conduisirent Candide dans la ville de Cannes. Des pneu-
moniques aiment à s'y ioder les bronches le long
d'une plage qui semble la couverture d'une valse
de Strauss. Là, il s'enquit des plaisirs auxquels
il avait droit. On le mena voir des jardins remplis de feuillages difformes, cactus de zinc et
palmiers de plomb verni, recouverts de poussière. Il jugea que le Midi était bien surfait. Il
entra au casino ; on y jouait de toute éternité

le *Maître de chapelle* et *la Favorite*. Candide
pensa : « Je n'ai rien gagné à quitter Paris.
Donc je vais au plus tôt retourner entendre *la
Favorite* à l'Opéra. » Il avisa un restaurant et
résolut d'y déjeuner avant de repartir.

Lorsqu'il entra dans la salle à manger de l'é-
tablissement, il remarqua que plusieurs femmes
occupaient les diverses places à la table d'hôte.
Aucun homme ne les accompagnait. Candide se
rappela la maxime de son maître : *Tout est
pour le mieux dans le meilleur des demi-mondes*,
et n'hésita pas à s'asseoir au bas bout de la
table.

Comme il était à prévoir, son entrée interrompit la conversation. Les femmes le fixèrent,
cherchant à deviner son caractère d'après la
coupe de ses vêtements et la grosseur de ses
bagues. Elles le jugèrent de peu d'importance
et poursuivirent l'entretien, désormais rassu-
rées. La première, qui était fort belle, blonde
et visiblement Américaine, parla ainsi :

« Moi, dit-elle, je suis Mme D... Je me plai-
sais auprès d'un homme mûr mais charmant auquel je dispensais de la jeunesse en échange de
quelques libéralités. Mon Peau-Rouge de mari

nous avait laissés tous deux tranquilles, occupé
qu'il était à saler des porcs du côté de Chicago.
Un jour, il survint en France à l'improviste,
força les portes de l'hôtel où j'habitais, nous
aperçut causant, mon ami en chemise de fla-
nelle et moi en chemise de batiste ; d'où il prit
courroux. Il sortit de sa poche son revolver national, tira sur mon compagnon plusieurs coups
de feu qui le navrèrent mortellement. La chose
a fait du bruit dans les journaux du temps. Mon
mari eut l'inattendue galanterie de ne pas me
tuer, je lui fus reconnaissante de cette discrétion. Le jury le condamna, malgré cela, à plusieurs mois de prison pour le principe.

» En effet, il n'est pas naturel, chez nous,
qu'un homme se venge. Mais nous ne tarderons
pas à être réunis. Je suis venue l'attendre ici, à
Cannes, où je passerai l'hiver et goûterai la douceur de la température qui est particulièrement
clémente en ce pays. »

La seconde femme était une petite bourgeoise
fadasse et guindée ; ce fut son tour de parler :
« Moi, dit-elle, je suis Mme P... mon mari m'a-
vait quittée, je pris un amant non parce que
mon tempérament le réclamait, mais parce que

j'ai peur la nuit. Sur ces entrefaites j'appris que mon despote me trompait avec une de mes anciennes bonnes. Or, sachez que j'avais renvoyé cette fille à cause qu'elle portait mes jupons et s'en estimait plus jolie que moi. Je ne pus tolérer cet affront ; je fis suivre mon tyran, je sus où il logeait et j'allai l'attendre à la porte de l'hôtel garni où il abritait ses amours ancillaires ; j'avais à la main un litre de vitriol ou acide sulfurique (SO^3HO) ; dès que sortit mon infidèle, je lui jetai à la figure la moitié de mon litre et je montai jeter l'autre moitié sur le facies de la pseudo-sienne (car cette fille se laissait appeler de mon nom légitime et cela n'est pas supportable). Mon mari et notre bonne achèvent de se guérir à l'hôpital ; ils sont tous les deux aveugles et doivent me remercier, puisque dorénavant ils ne verront pas à quel point ils sont défigurés. Le jury toujours juste me donna gain de cause, et je vins ici, en cet admirable pays de Cannes, où j'ai l'intention de passer l'hiver à réparer ma santé fort ébranlée par les émotions que j'ai traversées. »

La troisième femme était plutôt laide, mais très élégamment habillée. Elle dit : « Moi, je suis Mᵐᵉ X... Pauvre, j'avais épousé un homme qui me répugnait encore qu'il fût riche. Je souhaitai m'en affranchir. Aussi j'attirai chez moi mon amie d'enfance, la petite Mᵐᵉ Y..., un *greuze* sadique, et je l'abouchai avec mon époux. Il advint les oarystis désirées. Dès que je fus certaine de mon infortune, je courus chez le commissaire de police du quartier et je le priai de prendre mon mari dans le plus grand délire. (Justement, par économie et pour ne pas changer ses habitudes, il avait profané le sanctuaire conjugal.) Au serrurier par moi requis d'office j'expliquai le secret qui ouvrait la serrure. On pénétra dans la chambre et mon inconstant apparut dans le plus grotesque des désordres, très mal à l'aise auprès de sa complice qui, elle, avait accoutumé d'éprouver ces surprises. D'où divorce. La justice condamna mon mari à me fournir une pension alimentaire, et, grâce à ces subsides, je viens passer l'hiver à Cannes où je compte mener joyeuse vie. Les Brésiliens sont-ils arrivés ? »

On la renseigna. Une quatrième femme, pâle et souffreteuse, éleva la voix : « Moi, je suis Mᵐᵉ Z... Dans la jalousie, j'ai l'emploi de 3ᵉ du-

gazon. J'ai poignardé la première maîtresse de
mon mari et je l'ai tuée. Mais lui, je l'aimais et
je l'ai épargné. Il en a profité pour courir vers
d'autres. J'ai tué sa seconde maîtresse ; quant à
lui, je l'ai encore épargné. Il ne s'est pas cor-
rigé. Je l'aime toujours ; pourtant je suis lasse
du jeu de massacre auquel il m'oblige. Je commence à m'orienter suivant le sens de la vie, et
j'aspire à me créer une existence autonome.
Aussi, espérant des remords qui mettraient un
intérêt dans le gris de mes jours, suis-je venue
passer l'hiver à Cannes, où, la solitude aidant,
je me découvrirai enfin une âme personnelle. »

En cinquième lieu parla une femme vêtue à
la garçon, étrange, aux yeux cerclés de bistre
inassouvi : « Moi, dit-elle, je suis la célèbre
Mme S... Mes parents, inquiets des dispositions
que je montrais pour le vice, me trouvèrent de
très bonne heure un établissement. Un brave
homme de mari, trop peu de temps, fixa mes
convoitises. Il ne sut pas user d'une romantique et traditionnelle mise en scène qui eût,
durant un répit, réprimé les horribles instincts
dont je suis dominée. Je l'abandonnai, et de

ville d'eaux en ville d'eaux, l'été à Dieppe, l'automne à Aix, l'hiver dans le Midi, je promène à travers les stations balnéaires ma lamentable sensualité sans cesse déçue. Et je suis venue passer la mauvaise saison à Cannes où je compte dépayser, autant que possible, le dégoût que j'ai d'être moi. »

Toutes la contemplèrent, terrifiées certes et nécessairement curieuses. Une sixième femme se fit entendre : « Moi, je suis Mme Emma Bovary. Tandis que Charles me croit fidèle, je cours après l'Éternel Masculin des romances. Je poursuis actuellement un capitaine de hussards en garnison à Sainte-Marguerite. J'ai, dans ma malle, du Massenet, du Marcel Prevost, du Jean Rameau et des lithographies anglaises. Avec ces adjuvants précieux, je me construis un univers de rêves médiocres où situer mes amours. J'ai aussi des négligés de mousseline décorative qui me permettront de me jouer à moi-même la Jeune Poitrinaire sur la grève. Et je suis venue passer l'hiver à Cannes, décor adéquat à mes barcarolles. »

Une seule femme, vêtue de teintes douces,

n'avait encore rien dit. Comme on la pressait de se faire connaître : « Moi, énonça-t-elle, je suis Mme Hunetelle ; dans ma vie, je n'ai rien de spécialement passionnel. J'aime mon mari ; il m'aime et m'a fait trois enfants qui dorment sous sa garde, là-haut, chambre n° 6. Le bruit du monde nous importune ; nous sommes venus ici chercher un peu de paix et recueillir notre tendresse, ainsi qu'en une retraite religieuse. Néanmoins, je m'aperçois que la place est trop bruyante. Donc, nous partirons tantôt vers les frontières de l'Algérie, moi, mon mari et nos trois enfants. »

Alors Candide ne put se tenir de déclarer : « Vaillamment résonné ! Madame, vous seule avez bien parlé. Faites, je vous prie, un quatrième enfant. Au cas que vous regardiez à la dépense, je serai son parrain et je le doterai. »

Et il s'en fut, affermi dans l'opinion que les bonnes femmes sont une raison suffisante de se plaire en ce triste bas monde. Lorsqu'il revit Pangloss, il lui soumit ces réflexions. Le docteur lui rétorqua : « Candide, vous avez tort d'établir des exceptions ; les mauvaises femmes sont aussi une raison suffisante. Elles nous empêchent de nous enliser dans la quiétude d'un bonheur ininterrompu. »

LÉGENDAIRE ÉVASION

La ligne droite est le plus court
chemin d'un point à un autre.
(Calino.)

A Marcel Schwob.

Nourri, plantureusement certes, logé (une
pièce vaste d'un ameublement sobre), chauffé au
calorifère (chaleur saine), éclairé à l'huile, ce
qui est excellent pour les yeux, blanchi à l'eau
pure sans chlore (et tout cela gratuitement, remarquez), comment eut-il envie de quitter sa
sinécure ?

On ne lui demandait pas pourtant l'impossible ! Qu'il fournît d'ingénieux entrelacs, sortes

5

de trames en forme de chaussons versicolores.
On lui concédait de varier ses plaisirs, soit en
ciselant des noix de coco vernies, soit en pei-
gnant sur des galets plats des phares et des
jetées, et des mers courroucées. Il avait également la jouissance de la Bibliothèque remplie
de livres non futiles, propres à orner l'esprit.
Joignez à ces avantages la possibilité de se res-
saisir durant plusieurs années avant un nouvel
exil parmi les hommes, de méditer à l'abri de
toute tentative de dispersion. A l'ombre, il
pouvait profiter de la circonstance pour délimiter
son univers d'une façon absolue. — Les Pères de
l'Eglise durent jadis chercher bien loin dans
le désert ce qui lui était assuré, à lui : la solitude
et le silence ininterrompu.

Mais voilà, des lectures précédentes l'ont
perdu ; son Dumas père lui enseigna le mépris
des geôles et de l'analyse. Il respectait sans
doute l'opinion de ses poètes favoris, de ceux
qui ont mal parlé des prisons. Et les encoura-
gements de ses prosateurs : *Picciola* de Saintine,
Le mie Prigioni, *Monte-Cristo*, que sais-je ?

Insuffisamment documenté, il se forgea une
idée très fausse du prisonnier-en-soi. Il tint à

honneur de quitter par moyen furtif le méditoir
que la Sollicitude Eclairée lui accordait. Il sa-
crifia à cette utopie de liberté qui séduisit don
José. Le Monde est une vaste prison. (Et le
Danemark donc !)

Nous accorderons au prisonnier quelque in-
dulgence, si nous considérons qu'il fut détenu
pour raisons politiques. En vertu d'un roman-
tisme invétéré, il s'était découvert champion
des Droits du Peuple, avait bercé un fusil le
long d'un tas de pavés. Il y eut des charges de
cavalerie, des vitres brisées, des arrestations ;
on prétendait résoudre ainsi divers problèmes
sociaux dont une discussion courtoise, à condition qu'elle soit unanimement acceptée, amè-
nerait, à coup sûr, la solution.

A proximité de la barricade béait un large
soupirail de cave. L'héroïque citoyen qui nous
occupe pouvait s'y réfugier et laisser faire,
laisser passer la trombe des gendarmes. Il préféra se poser en martyr ; on le prit *les armes à
la main*, comme dans les romans. Au procès, il
traita ses juges du haut en bas, les appela
« vendus » et « laquais des despotes » et aussi

« sbires infâmes stipendiés par les tyrans ».

O Victor Hugo, Victor Hugo !

Passons. Le sympathique révolutionnaire fut incarcéré pour dix ans, et l'universelle commisération lui phosphora une auréole. Il adopta le silence hautain, après avoir demandé qu'on lui laissât sa montre à répétition, souvenir de sa mère. On la lui laissa.

Quand il fut sûr de n'être pas épié, il prit le souvenir de sa mère, en démonta les rouages dont il fit deux parts : l'une, il la cacha sous la septième dalle du dallage selon les préceptes du Parfait-Latude ; l'autre, il la mussa subtilement parmi les boucles de sa longue chevelure, suivant la méthode du baron de Trenck. Comment s'y prit-il ? Cf. les références.

Il procéda d'après les règles. D'abord, l'examen du local. A l'aide d'un manche de cuiller, il sonda minutieusement les murailles.

Panpan, panpan. Son plein, pas de souterrain à espérer. Il fut déçu ; ça ne s'accordait pas avec ses feuilletons.

Restait la fenêtre. Ses investigations s'y concentrèrent. Un triple rang de six barreaux épais de trois pouces. (Il compta par pouces pour rester dans la tradition.) Le ressort de montre fit justice de quinze barreaux. Le cachot, sur la paille humide (c'est une image) duquel languissait l'infortuné prisonnier, se trouvait à 20 mètres du sol. Le malheureux détenu traduisit ces mètres en pieds. En conséquence il effila petit à petit les matelas de sa couchette, ses draps, ses chemises, ses mouchoirs, toute sa lingerie, et confectionna une corde de 70 pieds anglais.

Sous sa fenêtre, un soldat montait la garde nuit et jour ; il était facile de le tuer en laissant tomber sur la tête du dit un objet pesant du haut des vingt mètres. Par humanité et par crainte de manquer son coup, le généreux prisonnier ne voulut pas tuer l'innocent militaire. A l'aide de subsides venus du dehors, on ne sait comment, il le corrompit. Enfin un mur élevé séparait la cour de prison du boulevard extérieur ; mur hérissé de tessons, artichauts, fers-de-lance, chardons d'acier, toute la lyre. Il fut convenu que *les affidés* déposeraient à proximité une échelle, de *cordes* naturellement.

Par une nuit sans lune, nuit classique, le prisonnier plein d'astuce scia ses trois derniers barreaux. Il y mit une certaine précipitation. On

ne saurait croire en effet combien il est commode de scier des barreaux avec un ressort de
montre.

Il attacha sa corde à la corniche obligée, se
laissa glisser, traversa la cour avec mille précautions, tendit son échelle, grimpa. Il allait
enjamber la crête du mur lorsque...

Un gardien ivre rentrant à l'improviste heurta
le bas de l'échelle, leva la tête, aperçut l'évadé
qui tremblait d'angoisse sur le sommet du mur.
Une telle défiance, ce luxe de précautions, la
lâcheté de profiter d'une nuit sans lune, tout
cela blessa profondément le cœur sensible du
gardien. Il donna l'alarme et retint l'extrémité
de l'échelle. Branlebas, tocsin dans l'obscurité,
mise en scène dramatique, fourmillement du
personnel dans la cour, torches pittoresques et
lugubres. On cueillit l'évadé parmi les artichauts
de fer où il s'empalait avec grandeur d'âme,
sans crier. Il murmura : « Fatalité ! »

On lui infligea un mois de cul-de-basse-fosse,
puis on le réintégra dans son cachot ; les barreaux avaient été remplacés dans l'intervalle.
Le découragé prisonnier entendit fusiller son
complice au bas de la fenêtre.

Pauvre prisonnier. On lui supprima dorénavant le linge de rechange. Il pensa à Isabelle, se résigna et prit des attitudes.

Cependant une chose l'inquiétait ; lorsqu'on l'avait réintégré dans le cachot, son geôlier lui avait jeté un sourire de méprisante ironie, ce seul mot : « Imbécile. »

Il est d'usage, en pareil cas, que le geôlier traite son évadé de canaille, brigand, drôle. Mais il ne le méprise pas, il n'a pas le droit de le mépriser.

Le prisonnier construisit longtemps sur ce mot : il en chercha la raison. N'avait-il pas fait preuve d'habileté, au contraire ?

— Oui. — Alors ?

Il se reprit à scier ses barreaux, par point d'honneur, pour utiliser ses ressorts de réserve. Il n'y mettait aucun acharnement. En réalité il commençait à s'attacher à sa prison. Il esquissa au charbon une décoration murale, représentant *l'Enlèvement d'Europe*. Le taureau symbolisait les revendications du Peuple ; Europe se laissait faire, à demi pâmée.

L'amour-propre seul l'obligea de reprendre

ses plans d'évasion. Comme il possédait la grande habitude, il alla vite en besogne. Du reste l'attrait de la nouveauté n'existait plus. Pour dire vrai il gâcha l'ouvrage. Il se fabriqua une autre corde, s'acheta un autre soldat de garde. Autre nuit dépourvue de lune. Il scia ses derniers barreaux, sans intérêt. Déjà, il se laissait glisser le long de la corde quand une idée inattendue passa dans le champ de ses réflexions :

Et la porte ? Jamais il n'avait essayé de l'ouvrir ! Ce devint une obsession. Pour en avoir le cœur net, il regrimpa dans son cachot, courut à la porte, épaisse avec d'énormes clous bardant le cœur de chêne, assujettie de larges bandes de fer. Il saisit la serrure et tira à lui, légèrement.

LA PORTE S'OUVRIT. ELLE N'ÉTAIT PAS FERMÉE. ELLE N'AVAIT JAMAIS ÉTÉ FERMÉE.

Des toiles d'araignées garnissaient l'intérieur de la gâche. Assurément on avait compté sur le seul effet moral des ferrures et sur la légende des portes de prison.

L'évadant s'assit et réfléchit. « Le geôlier avait raison, pensa-t-il, je ne suis qu'un imbé-

cile. Ces gens sont fort pénétrants, ils ont fait
un calcul habile, étayé de ces deux vérités :
1° Les précautions multiples compromettent les
grandes entreprises. 2° On ne s'avise jamais de
recourir au plus simple. Ferai-je sagement de
tenter une seconde évasion sur le modèle de la
première qui rata ? A quoi bon donner une
nouvelle épreuve d'ingratitude ? Il importe que
je les dépasse. » Il congédia le soldat qui s'im-
patientait , ramena la corde, remit les barreaux. Comme il achevait il put entendre les
pas inégaux d'un gardien ivre le long du
mur.

Il dormit peu. Durant son insomnie, il insti-
tua une expérience. Le lendemain il l'exécuta
de point en point. Voici :

A midi, il ouvrit la porte de son cachot et
s'engagea dans le corridor. Notez qu'il était en
costume de prisonnier. Il fit le plus de bruit
possible, claquant des sabots contre le carrelage.
Il passa devant le gardien du couloir en chan-
tant à tue-tête, le regarda sous le nez, revint
même pour l'interroger.

« Quelle température, ce matin ? — Un beau
soleil. »

Le déductif prisonnier se rua chez le directeur du pénitencier. « Puis-je savoir à quelles heures partent les trains pour Paris? »

Le directeur compulsa son Chaix.

« Mmmmm... 3 heures et 6 h. 17. »

Le prisonnier traversa la cour sans se presser, entra au poste des gardiens et pria qu'on lui allumât sa pipe. Ce qui fut fait.

Alors, à petits pas, il se dirigea vers la porte cochère. Il entra dans la loge du concierge, se planta en pleine lumière, et, avec intention, il demanda au brave homme comment il le trouvait habillé. Celui-ci répondit : « Pas mal. Un peu flottant. Il faudrait une pince là et là. » Et ce disant, il visait du doigt les entournures.

L'autre remercia et sortit les mains dans les poches comme un qui va goûter le frais. Une fois dans la rue, il prit le milieu de la chaussée, se dirigeant vers la gare. Il attendit trois heures le train de Paris, y monta. Sa famille en larmes le revit.

Plusieurs jours après, il pouvait lire dans les gazettes :

Montreuil-sous-Verrous. — Un condamné poli-

tique vient de s'échapper du pénitencier. Cette évasion s'est accomplie dans des conditions d'audace et d'intrépidité inouïes. On a perdu la piste du misérable. La police le cherche activement.

Elle le cherche encore.

LA LÉGENDE DE ROTHSCHILD

A. G. Courteline.

Mon savant ami Ledrain (1) me dit :

« J'ai acquis cette certitude : Rothschild n'existe pas.

Oui, je suis sûr de ce que j'avance : M. le baron de Rothschild est un être fabuleux, légendaire, créé de toutes pièces par les poètes conjointement avec les mystiques dont regorge la populaire.

Déjà, au temps de ma prime jeunesse, lorsque

_____

(1) M. Ledrain n'a pas l'honneur d'être mon ami, je le regrette surtout pour lui ; qu'il me permette néanmoins de lui attribuer contre toute vraisemblance quelques idées justes.

je traduisais le Syriaque et les Contedelisle, j'observai les lois de formation de légendes analogues : je suis heureux de retrouver, à notre époque, un exemple curieux à l'appui de ces lois.

Donc, je vais vous démontrer pourquoi M. de Rothschild n'existe pas. Si toutefois il se trouvait qu'il existât, ce serait lui qui aurait tort, puisqu'il se démontrerait par l'Expérience, tandis que je le nie par la Raison.

D'abord, et brièvement, j'invoquerai le plus détestable critérium : le consentement universel. Qui a vu Rothschild, ne fût-ce qu'une seule fois dans sa vie? Personne; ni vous, ni moi. Nul ne peut se flatter de l'avoir contemplé face à face.

On l'a signalé rue de la Bienfaisance; je n'insiste pas sur ce que cette proposition a de contradictoire dans les termes.

Je repousse le témoignage des journalistes écholiers; depuis l'aventure du Grand Serpent de Mer, je refuse toute créance aux récits de ces messieurs. Voici un point acquis : les témoins font défaut.

Qu'est-ce, en soi, que M. de Rothschild? Ce

n'est pas un *homme*, remarquez, mais un *baron;* c'est-à-dire, en traduisant dans notre langue commune, un être au-dessus de l'humanité, et pourtant pas tout à fait dieu. En somme, ce que les anciens nommaient un *héros*, un demi-dieu. Je signale seulement la parenté étymologique de ces deux mots : baron et héros.

Chaque héros avait ses attributions particulières. Le baron qui nous occupe est spécialement préposé à l'idée de richesse; j'attire votre attention sur la qualité extraordinaire de cette richesse; elle atteint la somme de DEUX MILLIARDS. S'il est, hélas! impossible à un homme de posséder cinquante femmes en une nuit (comme on le rapporte d'Hercule), il lui est aussi impossible de posséder deux milliards. En France, un homme qui parviendrait à détenir cette somme ne vivrait pas quinze jours; les lois de l'économie sociale et de la richesse publique, la haine du peuple, le sentiment d'égalité, la coalition des intérêts, mille causes semblables dont la moindre suffit, eussent vite rayé du cadre des vivants ce tératologique accapareur.

Or, c'est en France, justement, que l'on prétend situer ce Rothschild. En France, c'est-à-dire dans un pays de petite épargne, de capital dispersé! Ridicule! l'homme milliardaire n'y aurait pas raison d'être. Il se peut qu'il existe en Amérique un Vanderbilt (quoique à mon avis, il faille ne voir là qu'une modification du mythe rothschildien), les fortunes colossales y étant fréquentes, il siérait au pays.

Nous n'atteignons en réalité qu'un symbole ordinaire ou mieux une locution courante. Vous savez que l'on dit : « Riche comme Rothschild » pour désigner un homme dont la fortune est un peu au-dessus de la moyenne. Lorsque vous vous refusez à offrir quelque joyau à telle spasmodique, vous exprimez votre refus en lui affirmant que vous « n'êtes pas Rothschild. » Vous n'avez pas l'idée de prendre pour norme de comparaison M. Faure, ou M. Christophle, ou M. Constans, ou d'autres gens puissants et réels. C'est cet être imaginaire que vous invoquez. Bien ; vous êtes assuré que l'on ne pourra vérifier votre assertion et vous traiter d'imposteur si l'on apprend que vous avez menti.

Étant acquis que le baron n'existe pas en dehors de la mythologie, discutons son existence mythique.

Nous nous trouvons en présence de ce que, nous autres exégètes, nous nommons un *mythe solaire*, ou représentation anthropomorphique, évhémériste dirai-je, de l'astre communément dénommé Soleil.

On représente d'ordinaire le personnage — encore que les icones varient, il est facile de construire d'après elles un type permanent — comme un homme gros, court, rondelet, couvert d'une fourrure opulente. Le point caractéristique de son faciès est une paire de grands favoris *flamboyants*, remarquez, c'est-à-dire taillés en forme de flammes, de rayons ; ainsi est représenté le soleil sur les stèles et sur les papyrus à nous légués par les peuplades qui s'adonnèrent au culte du soleil. (Cf. Corp. insc. ægyp. Bact. Hind. — Siècle de Louis XIV, etc.) L'attribut du Dieu est l'or, c'est-à-dire la lumière, la chaleur qui féconde. L'épithète *doré* appartient au soleil dès les premiers âges de l'humanité ; ce capitaliste de la lumière est l'éternel banquier des mythologies. C'est dans un rayon de soleil que Zeus se monétise vers la sensuelle tirelire de Danaé. L'idée de pauvreté est inséparable de l'idée de ténèbres, comme l'idée de ri-

6

chesse est inséparable de l'idée de lumière ; de là l'expression : éclairer.

Je perdrais un temps précieux à citer d'autres références ; elles abondent.

L'interprétation étymologique de son nom nous permet d'assigner au héros et à sa légende une origine germanique, peut-être mieux scandinave. *Roth-Schild*, en allemand, veut dire *Rouge-Bouclier*, bouclier d'acier chauffé au rouge. Les peuplades septentrionales comparent souvent le soleil à un bouclier brillant. Ce bouclier nous le retrouvons dans le Wallhôll de la Vœlsung-Saga. Il conviendrait de choisir, parmi ces traditions, celle qui s'applique plus particulièrement au héros.

Quel adversaire lui oppose-t-on ? car tout mythe solaire comprend un combat entre l'Astre et un adversaire redoutable.

Dans la légende qui nous occupe, l'adversaire est un être, fabuleux également, du nom de Drumont ; celui-ci, on le représente hirsute, noir de cheveux, et la barbe en coup de vent. Ses yeux jettent les éclairs, et les carreaux de ses lunettes semblent ceux de la foudre. Il s'agite et souffle la tempête contre l'Homme de la Richesse.

Voyez, Monsieur, quel sens profond est en
ces naïves légendes ! Il faudrait ne pas savoir un
mot de haut-allemand pour ne pas reconnaître
dans *Drummont* la forme à peine altérée de
Drei-Munde, Trois-Bouches. Et ce sont en effet
les trois bouches par lesquelles cet être souffle
l'orage ; les trois bouches qui accumulent et
poussent les nuages sur le Rouge-Bouclier, afin
de le voiler. De ce conflit naît la bienfaisante
pluie qui rafraîchit la terre desséchée par la chaleur. Dès lors vous avez tous les éléments du
mythe solaire, tel qu'il existe dans tous les ré-
pertoires théologiques, et dont le type le plus
achevé est le combat d'Hercule et Cacus.

La filiation du mythe serait aisément recons-
tituée. Je réserve cette joie aux lecteurs de
l'*Éclair*. Il vous importe peu, n'est-ce pas, que
l'on rattache ce Rothschild à Horus, à Bel, à
Melquarth, et même à Oannés, le Dieu-Poisson ?

Maintenant, quelles raisons ont conseillé à
nos hommes d'État d'imposer au peuple la
croyance en un Rothschild ? D'où vient que ces
laïcisateurs à outrance ont épargné un pareil
conte de nourrice ? — C'est qu'ils ont compris,
les avisés ! que certains mythes peuvent domi-

ner l'attention du peuple et la détourner de fâcheux examens. Durant que l'on déclame contre
le Diable-Vauvert ou le Spectre-Rouge, se défi-
nitivent les douzièmes si fallacieusement appelés provisoires. S'il advient quelque catastrophe,
les fauteurs l'imputent au Représentant de l'Exé-
cration publique. C'est lui que l'on découvre
derrière chaque scandale, chaque sinistre de ces
dernières années ; c'est lui qui *revient* dans les
ruines des Établissements de crédit ; c'est le
fantôme responsable des malheurs publics.

Certes, vous trouverez étrange que je cherche
ainsi à démonter les rares imaginations qui
nous restent. Mais le devoir des savants est de
combattre les Chimères, et je suis capitaine dans
le Régiment de ces Persées.

Je pense vous avoir convaincu. Et puis, au
fond, peu m'en chault ! »

Ayant terminé, M. Ledrain se tut, contre sa
coutume.

LE FUNÉRAIRE

> Pauvres morts hors des villes.
> (LAFORGUE.)

A Maurice Beaubourg.

Près du cimetière Montmartre, un immense bâtiment percé de fenêtres prévues, comme il plaît aux importantes Maisons de Nouveautés :

A LA BELLE FOSSOYEUSE

Grands magasins de l'Au-Delà

Tout est frais et joli comme son titre.

« Ho ! — dis-je à l'homme du pas de la porte — le fronton de votre portique exhibe une enseigne engageante.

— Entrez, monsieur, et vous jugerez. Nous faisons des conditions exceptionnelles, prix du gros. Maison fondée dans la nuit des temps.

— Je n'ose. — Mes héritiers verront; pour moi, j'évite en général le *Memento quia pulvis*. » Et je reprenais mon chemin.

« Inconcevable ! — s'écria l'homme en affirmant ses poings sur ses hanches. — Vous vous dites, selon l'apparence, civilisé, voire intellectuel, voire ironiste, et vous craignez d'envisager votre futur complet mortuaire. Les Chinois se ridiculisent d'une queue de cheveux dans le dos ; ils admettent néanmoins leur fin dès le début, et chez eux chaque adulte a fait emplette de son cercueil qu'il choie et adorne à loisir durant le répit facultatif accordé par le Néant... pardon, l'Au-Delà, veux-je dire. » (L'habile commerçant ménageait, par cette réticence, mon éventuel spiritualisme.)

J'hésitai : « Vous me garantissez que les Chinois en usent de la sorte ?

— J'ai des relations de missionnaires.

— Bah ! ces gens sont suspects ; ils aiment à mourir en pays étranger, par conséquent ils sont portés à embellir les coutumes qui régissent leur poussière d'adoption.

— Des commissions savantes ont confirmé le fait ; je tiens à votre service un duplicata des rapports officiels.

— Alors je rougirais d'être inférieur à ces barbares autrement colorés. Montrez-moi votre stock, quelque chose de cossu et de discret pour garçonnet de 20 à 25 ans.

— Sur mesure, ou tout fait ?

— J'oscille : avant de me décider, je demande à voir. »

Je passai dans le vestibule et déjà j'entrais dans une salle attenante, lorsque le négociant retint le mouvement, d'une posée de main sur mon coude. « Permettez. — Appréciez-vous *exactement* l'importance de votre actuelle démarche ?

— En aucune façon. Peu importe que je sois enseveli...

— N'achevez pas ; au moins vous n'aurez à votre compte qu'une demi-sottise.

— Vous vous montrez familier.

— Monsieur, je ne vous rends pas responsable de votre erreur ; d'autres, plus éminents que

vous, y pataugent. Nous leur devons la crémation.
(*Il haussa les épaules.*) Quelques cendres dans
une urne, comme sur ces culs-de-lampe du premier Empire ; l'urne impersonnelle, vulgaire,
encombrante même. Car, au hasard des héri-
tages, où placer en un appartement les ancêtres
si rapidement anonymes ? Les morts doivent
faire bande à part, chez eux, en leurs villes.)
N'est-ce pas voler la bonne terre que dissocier
et muer ainsi les matières que nous lui avons
empruntées... à terme ?

Je n'ai pas d'opinion, remarquez ! je travaille
indistinctement pour les positivistes et pour les
idéalistes. Les mystiques ont leur rayon, les
libres-penseurs en ont un autre, ainsi que les an-
ticléricaux. Le cimetière est un terrain de con-
ciliation, au bout du compte.

— Soit ; quelle nécessité, pourtant, d'orner ce
qui n'a plus d'existence sociale ? quelle nécessité de le conserver ?

— J'ai souvent gémi sur le sort des pauvres ma-
rins que l'on jette à la mer après leur avoir attaché
un boulet aux pieds. Quelle barbare et pénible
coutume, blâmable pour diverses raisons ! Elle
répugne à la Société Policée ; les poissons qui

paraîtront sur notre table se seront probable-
ment nourris de gabiers de misaine ; et que peuvent devenir, en ce cas, les (possibles après tout)
corps astraux de ces malheureux ? Comment s'y
retrouver, au rendez-vous fixé par l'Apocalypse ?
— Voyez si la crémation ne nous réduit pas à la
condition de ces lamentables matelots.

Les peuples périmés ont pris soin de construire
minutieusement leurs sépultures et de les assurer
pour une relative éternité. Ce qui subsiste d'eux
nous est parvenu par cette voie ; le mort a saisi
le vif pour nous le transmettre. »

Je daignai sourire.

« Je ne vous parle des Egyptiens que pour
mémoire. (*Il eut un soupir.*) Nos maîtres à
tous ! ces grands philosophes surent conserver,
dans le tombeau, la forme et la légende des indi-
vidualités en dissolution. — Les Hébreux
adoptaient pour caverne funéraire la carrière
d'où ils avaient tiré les matérieux de leurs habi-
tations. (Quel gracieux symbole ! En édifiant
notre vie, nous préparons notre mort !) Il y a
bien à méditer là-dessus.

— Les Grecs ont brûlé leurs corps — interca-
lai-je.

— Oui, et c'est fâcheux. Cependant ils ont propagé le Mausolée ou cénotaphe, qui n'est à la vérité qu'un tombeau pour rire ; mais ça vaut toujours mieux que rien.

Les Incas enduisaient leurs morts d'un limon momifiant. Encore un joli symbole ; la Nécrologie en recèle bien d'autres ! Les sauvages Polynésiens eux-mêmes introduisent dans une gaine d'osier...

— Où voulez-vous en venir ?

— Vous désirez couper par la traverse ? A vos ordres ; j'aime que l'on bouscule la discussion.

— Je veux prouver que l'institution du tombeau est fondamentale de notre ordre de choses. Je pourrais faire ressortir les avantages accessoires : école de concision, chartrier des mœurs et langages, conservatoire esthétique, synthèse des philosophies, etc., etc. Plaçons-nous à un point de vue plus élevé.

Il est inadmissible, et traditionnellement nié, que l'individualité humaine s'anéantisse en quelques instants ; elle persiste par delà la vie, à l'état latent, dirai-je. Il importe donc de lui trouver un vêtement transitoire pour ce passage de la vie au néant. En ce vêtement nous cher-

cherons à fixer d'une manière précise les essen-
tielles particularités de ce qui fut un peu de
chair avec un système d'idées dedans. Comprenez-vous maintenant pourquoi j'insiste, au moment de vous mener choisir un habit à votre
taille ? Examinez-vous, afin que volontairement
ou non vous n'alliez pas prendre au-dessus ou
au-dessous de la pointure. Des gens passeront
devant votre tombe ; vous ne devez pas les tromper sur la qualité de la marchandise. C'est entendu ?

— Oui.

— Entrez, alors. »

Premièrement, il me mena en une salle, aux
murs de laquelle des cartes étoilées de noir étaient
appendues. Il passa. « Assurément, vous tenez
à être enseveli à Paris ; vous n'avez pas un cimetière de prédilection ?

— Peuh !... Le Père-Lachaise.

— Si c'est votre idée. A votre place, j'aimerais mieux les quartiers neufs ; on reste avec sa
génération. Enfin ! — Et quelle situation ? soleil ;
ombre, long d'un mur, plaine, versant ?

— Pénombre, plaine. J'ai toujours craint la
grande lumière et l'obscurité complète.

— Concession à perpétuité, n'est-ce pas ? Cela
va sans dire. Un gentleman. — Venez par ici,
maintenant. Voyez.

Rayon Tombeaux.

Monsieur Auguste, êtes-vous libre ? » Un
élégant jeune homme un peu pommadé accourut ;
nous entrâmes dans une longue, interminable
salle, à perte de vue remplie de tombes alignées
à la parade : marbres en gradation de teintes du
rose pâle au noir de pêche ; granit, pierre
tendre, basalte, bronze, fer forgé. Il sommeillait
parmi ces monuments une apaisante fraîcheur,
initiatrice d'idées générales. J'en fus comme ra-
gaillardi.

Le jeune homme commença : « Nous avons ici
les échantillons des pierres en usage actuellement, depuis la pierre brune de Hongrie, jusqu'à
la syénite, le grès bleu et le porphyre pailleté ;
nous avons également des pierres artificielles,
carton-pierre, mosaïne, asphalte aggloméré.

Notre stock aussi considérable que varié nous
permet de satisfaire aux exigences de nos
clients.

Plusieurs coupes à choisir. La dalle simple, la dalle exhaussée (puissent vos vœux l'être !) la parallélipipède avec ou sans stèle ; la stèle ordinaire, la colonne brisée supportant un emblème ; puis le genre *chapelle* renfermant un autel (trois tailles), le pyramidion, le sarcophage hypostyle. » Il énumérait, et à mesure désignait les modèles. « Avec ou sans croix au gré de l'acquéreur. Vous savez, la croix est démontable.

Nous avons le temple grec dorique, la tombe romantique ogivale, le sanctuaire héraldique, avec armoiries (très demandé) ; la tombe Louis-XV-Petite-Maison, la tombe Louis-XVI-Trianon, la tombe Sainte-Hélène, la simple croix de bois, à la paysanne.

Vous préférez, j'en suis sûr, la tombe à personnage ; on vous mettra une effigie de la Douleur, une Muse, un Génie ailé, un Terme (!), un Ange ou toute autre mythologie. »

Il lissa ses cheveux du bout de l'index préalablement ensalivé, et reprit : « Nous érigerons votre buste, ou votre statue debout, assise ou couchée. Les attributs se payent à part.

Nous tenons les tombes pour toutes sortes de

morts : pour la mort militaire, il y a le faisceau de drapeaux qui se porte beaucoup, le génie de la Patrie, très à la mode également, le groupe de soldats. Pour la mort ordinaire, maladie ou accident, on se contente de crânes et tibias entrelacés sous larmes du meilleur effet.

— J'ai pour les exquis suicides un comptoir réservé — interrompit l'aimable marbrier — à eux mes occasions ; ils sont bellement libres et actifs, puisqu'ils décident de leur destin sans attendre que le Grand Couvreur de là-haut leur jette la dernière tuile.

— Il y a la tombe simple à la fois et opulente pour les gens riches, la tombe pauvre d'un goût prétentieux pour les indigents. Voici des balustrades en faux bronze faussement doré. Et ces petits toits en zinc destinés à abriter les brochettes de couronnes ; qu'en pensez-vous ? N'est-ce pas une trouvaille ? Préserver des ornements funéraires contre la destruction ! »

Il poursuivit sa description, et certes j'y prenais intérêt. Quand il eut achevé, il cria : « Voyez *Devises et Légendes*, monsieur Ernest ! » et nous abandonna au seuil d'une autre salle, garnie de plaques de marbre où des lignes d'or scintillaient.

Le chef de la maison me dit : « Salle des Éti-
quettes.

— Plaît-il ?

— Les phrases (prose ou vers), en langues
maternelles, que l'on inscrit sur les stèles ou au
recto des tombes.

— Oui, oui... je vois.

— Je vous amène ici, afin d'éveiller en vous
quelque idée. Sans doute, il ne convient pas que
ces *mots de la fin* soient suscités. Ils viennent
d'eux-mêmes, suivant l'inspiration du moment. »

Laissez-vous aller à l'initiative de l'agonie. Je
désirais seulement vous rappeler que la dernière
parole, c'est-à-dire l'Inscription funéraire, doit
être la résultante de la vie entière. Durant notre
existence, nous préparons cette improvisa-
tion. Certains défunts ne laissent après eux
aucune parole mémorable ; «leurs œuvres parlent
pour eux ». Exemple : *Durand, grand manufactu-*
rier, grand cœur ; une profession de foi suffisante ; *Dupuis, bon père de famille, conservateur.*
A-t-il assez corseté sa pensée, celui-là !

Je vous l'assure, je n'ai pas imposé à mes
clients leurs épitaphes ; ils ont créé eux-mêmes
ces phrases d'un style que je qualifierai de lapi-

daire. Il faut croire qu'aux heures suprêmes se développe une étrange faculté d'analyse, puisque aucune biographie ne vaut ces notions si brèves. Pensez dès ce jour à la nécessité de synthèse finale qui nous guette, votre heure en sera plus douce à passer; car, selon moi, l'angoisse plus ou moins grande des mourants réside en ce qu'ils ont plus ou moins de peine à se préciser leur Doit-et-Avoir, et c'est pour cette raison que meurent allègrement mes chers Suicides.

Considérez les devises ; 1° la célèbre, l'historique ; *Qualis artifex pereo ; Finis Poloniæ ; A d'autres le monde; Dormir, enfin je vais dormir; Licht mehr Licht; Vive la Ré...; A moi, Auvergne.* Un peu tirade et fin-de-5ᵉ-acte ; en leur qualité de Sociétaires de la Postérité, les personnages marquants ne se croient pas obligés à mourir simplement ; 2° la devise courante : *Requiescat in pace; Priez pour lui* ; traduisons : *il n'eut aucune importance, végétatif et corallier; qu'il ait droit à la paix réglementaire et au lieu commun de nos oraisons ;* 3° la devise personnelle. Le défunt la réclame par testament, ou les héritiers, revêtant l'individualité de leur parent, la composent approximative. C'est la plus fréquente, et la plus curieuse du reste. Je voudrais vous donner à feuilleter les registres où j'ai consigné un grand nombre de ces légendes. Quel état civil vaudrait ma collection ? J'ai cueilli, sur les côtes, des épitaphes que la grande Maison de confections *Loti-Richepin et Sœurs* me paierait cher. Telles devises maçonniques dament le pion aux rébus de l'*Illustration*, si attachants pourtant.

Au cas que la spontanéité se raréfie, on la retrouvera dans le cimetière ; les religieux ne cherchent pas à filouter le Bon Dieu, les athées n'ont plus rien à perdre, et les Centre-Gauche tiennent à ménager deux hypothèses. Le Pari Mutuel, à la Pascal, ne manque pas d'amateurs.

Sur la pierre des spiritualistes, ces mots : « On se reverra » ; sur celle des évolutionnistes : « Place aux Jeunes » ; sur celle des matérialistes : « Tout le monde descend ». Chacun adapte la formule à son caractère. A vous de déterminer le moment que vous aurez été dans l'Histoire des siècles.

Les uns cherchent à perpétuer le souvenir d'une souffrance infinie, encore que rapide : *Il (ou Elle) laisse un cœur inconsolable*. D'autres se glorifient de distinctions honorifiques, et, à la

manière des tourniquets de foire, voulant insister sur leur mérite, inscrivent : *Les gros lots aux rubans rouges, Un tel* ✳.

Au passage, le long des rues funèbres aux squares de cyprès, évocation de solennités abolies : *Général de division* (la division engendre la guerre civile), *Conseiller à la Cour, Présidents, Chefs, Directeurs, Commandeurs,* tous autoritaires mis en disponibilité par retrait de souffle. Il me peine que seuls aient droit à l'épitaphe ceux qui la peuvent payer. Convient-il que l'auto-survivance soit vénale ? Quand donc une municipalité intelligente accordera-t-elle aux pauvres, que 93 n'a pas encore émancipés de la fosse commune, la jouissance d'une légende et d'une tombe à part ! Il est tout aussi juste de lire *Diogène, chiffonnier,* ou *Vireloque, mendiant,* que *Rothschild, philanthrope.* — Renvoyé à la Commission des logements ouvriers.

Il en est qui s'avouent Bienfaiteurs de l'humanité en général et d'une œuvre en particulier, qui se réclament d'un Art libéral ou beau. Variations sur l'air populaire : *Exegi monumentum,* fût-ce un chalet de nécessité. Moi-même, j'aurai la faiblesse de me rappeler au souvenir de mes successeurs.

Voulez-vous passer par ici ? — Rayon de la *Bijouterie*. Monsieur Jules ! » Un troisième jeune homme, analogue aux autres, nous pilota le long d'une salle aux reflets multiples. Contre le mur et sur des chevalets étincelaient des milliers de perles de verre blanc opaque ou noir transparent, figurant des couronnes, des boas, des croix, des médaillons ; dix vitrines enfermaient des vases de faïence à filets d'or, des fleurs en porcelaine figeant la caricature de roses ; branches de lilas trop fournies, feuillages rogues. « Cette flore, dit mon guide, étonnera les Champollions promis à notre civilisation. Ils crieront au raffinement, au byzantinisme. Je goûte ainsi par avance la délicate jouissance de n'être pas compris. Ils ne s'apercevront pas, je l'espère, que soucieux d'un jardin en harmonie avec l'idée de la mort, nous devions imaginer ces corolles rigides. Le rêve serait d'arriver à imiter des fleurs fanées.

— Qui en voudrait ?

— Ceux qui repoussent nos fleurs d'apparence trop robuste. Jusqu'ici les fleurs naturelles con-

servent une importante majorité de partisans.
Calculez qu'il faut d'abord consentir à une dépense continuelle pour renouveler ces fleurs,
s'astreindre à une démarche presque quotidienne pour les déposer à domicile. Ces deux
servitudes font que les tombes sont bientôt dé-
laissées. Grâce à mes fleurs immuables, la
dépense et l'acte de présence sont effectués une
fois pour toutes, on peut vaquer sans remords à
ses affaires. Et puis, c'est plus propre.

Choisissez parmi nos joyaux funèbres ; on m'a
fort complimenté sur la facture de ce rond de
verroterie. Ce médaillon plaît généralement, les
entrelacs de jaïet encadrent à merveille ce
paysage suggestif où l'urne coiffée d'un voile de
veuve s'acagnarde sous la protection du saule
de rigueur. Un joli cadeau à faire à un défunt.
Au bas, on fixe la qualification de nos regrets
généralement estimés « éternels », mais par
cela même patients.

Et la fonte émaillée que j'oubliais ! Venez
voir ; mille objets plus gentils les uns que les
autres. Des jardinières, des cache-pots, des
séraphins agenouillés.

Ne perdons pas notre temps, vous vous déci-

derez plus tard. Rayon *Cercueils !* » Quatrième
jeune homme conduisant à quatrième salle, de
forme circulaire; vers le centre de cette salle
convergeaient des coffres disposés sur tréteaux.
Il sentait bon le bois frais, à cette halte. Plusieurs coffres me charmèrent par leur élégance;
l'un d'eux affichait en pancarte : « Je suis capitonné ! »

Mon guide, avec bonhomie enjouée : « Hé! hé!
le sapin qui vous conduira à votre ultime bou-
doir. Garnie soie ou satin ? ou nature ? poignées
cuivre, nickel, argent fourré ? Une plaque de
métal pour l'adresse : « Fragile, Haut, Bas ;
retour à l'Expéditeur, faire suivre en cas d'absence. Destination, Josaphat. » Acajou, bois des
îles, pitchpin, chêne massif, bois de fer, cam-
phrier, santal, acacia, poirier, noyer ciré, palis-
sandre, double cercueil en tôle soudée, et tierce
enveloppe de plomb, hermétique. Et ça dure;
dame! Quand on est mort, c'est pour longtemps. »

Il m'entraîna au Rayon des *Embaumements*,
des *linceuls*, des *corbillards*, des *Formalités dogmatiques*. Une copieuse Bibliothèque offrait dis-

cours, panégyriques, oraisons, fort bien appropriés, ma foi.

Au rayon des *Cortèges*, il m'était licite de retenir quelques Hommes-en-vue et Personnalités-du-Monde-Parisien. Je visitai les Pépinières de cyprès, ifs, saules, lauriers. « Le choix de l'arbre qui ombragera votre tombe est de conséquence. Faute de soigner cette partie des Funérailles, on s'expose à de fâcheux et même de ridicules mécomptes. Dernièrement un jardinier facétieusement ignare n'a-t-il pas planté *un orme* au-dessus d'une tombe où j'avais gravé: *exspecto resurrectionem!* » La visite terminée, l'homme me dit : « Eh bien ? je compte sur votre commande.

— En vérité, je me sens toujours aussi indécis. Vous, cependant, qui avez acquis la rare faculté d'évaluer au coup d'œil la sépulture convenant à chaque citoyen, ne me rendrez-vous pas le service de me désigner ce qui m'irait le mieux?

— Puisque vous le désirez, je tâcherai de me substituer à vous. Permettez-moi de vous interroger sur votre vie; et ne pensez pas que j'agisse par indiscrétion. Je désire vous habiller exactement.

— Ma vie n'offre rien d'inattendu. Moralement je suis construit comme les membres de
la Majorité. Appareil ordinaire de passions.
Les événements réglementaires, je pense destinés à entretenir chez nous l'illusion d'une
liberté. Pas mal de déplorables instincts et leurs
complémentaires. Je n'ai point commis de
grandes actions, utiles ou nuisibles, j'ai derrière
moi la somme des canailleries moyennes et des
hésitations qui composent le bilan de l'honnête
homme. J'ai souffert du mal auquel m'obligeait
mon égoïsme, j'ai médiocrement joui du bien
que m'imposait mon impressionnabilité ner-
veuse. Pas de volonté; néanmoins de délicates
sensations m'ont consolé d'être passif. En sin-
cérité, tel je suis.

— Bien, je vois ce qu'il vous faut. Mille francs
tout compris. Service de 5e classe. Une dalle de
marbre noir à fleur de terre; un nom et deux
dates; de l'herbe autour, et du silence. »

ALCESTE RÉGÉNÉRÉ

---

*C'est d'la canaille : **Eh bien ! j'en suis !***
(Psalmiste populaire.)

A Lucien Descaves.

Sur sa réplique finale, Alceste quitte le salon
de Célimène, en claquant les portes. Il rage
noir, encore qu'il soit assez satisfait de son air
de bravoure sur la liberté au désert. Allons,
c'est complet, tout lui a manqué dans la main.

Il descend l'escalier quatre à quatre ; au passage, il bouscule une statue de bois polychrome
représentant un nègre porte-plateau. Le nègre
tombe et se brise en morceaux. « Tant mieux,

s'écrie Alceste, ce nègre était du plus détestable goût. Je l'avais dit cent fois à Célimène. Mais peut-elle avoir du goût, quand elle n'a point d'âme ? » Sa colère grandit, d'autant qu'il commence à entrevoir le ridicule intense de sa conduite. O les constatations de l'escalier ! et l'enquête rétrospective sur les précédentes postures.

Il est déjà dans la rue, il est déjà loin. Voici qu'un laquais le rejoint. « M. le marquis oublie sa canne et son manteau. » Alceste s'arrête, prend les objets. « Bah ! pense-t-il, c'est là une belle action. Ce garçon court après moi pour me rendre mon bien, alors que rien ne l'y oblige. La vertu se réfugie-t-elle dans les basses classes ? ce serait à devenir socialiste. » Cependant le laquais reste immobile, semble attendre un complément nécessaire de son geste.

« Eh bien ? que te faut-il ? » Le laquais ne bouge pas. Mais ses yeux ! en vérité, la belle prière muette ! Alceste fronce le sourcil : « *Tu veux un pourboire ?* » Le laquais, très correct, ne dit rien ; seulement sa figure s'éclaire d'un sourire anxieux. « Je serai donc toujours dupe des apparences ! s'écrie le misanthrope. Pas de dé-

sintéressement, pas d'Art pour l'Art. Tu es
comme les autres, égoïste, cupide, hypocrite,
hein?... Tiens, médite. » Et, faisant le tour du
maroufle, Alceste lui lance à toute volée un solide, misanthropique coup de pied dans l'endroit où les blessures cessent d'être dangereuses
pour devenir outrageantes. — Après avoir accompli cet acte un peu théâtral, Alceste regagne
son carrosse.

« Où faut-il conduire M. le marquis? » demanda le cocher.

« A la Seine; c'est votre dernière course. »

La nuit est tombée. Des quartiers vides, mal
éclairés, courent devant les vitres. Alceste se
sent envahi d'une opulente sérénité. « Comme
ils étaient peu sagaces, ces gens du Five o'clock !
Ils n'ont pas soupçonné mes intentions; ils n'ont
pas eu la curiosité de soulever mes métaphores
pour voir ce qui se trouvait derrière. *Un endroit
écarté*, un endroit où l'on conserve la liberté de
son bonheur, il n'en est qu'un, et je m'y rends.

Au bout de combien de temps ramènera-t-on
mon cadavre? au plus tôt deux jours. Il y a des
galons d'or vrai à mon habit. Le marinier qui
me repêchera, commencera par me dépouiller.

Puis, abandon de mon corps nu sur la berge, décomposition en paix durant cinq jours, parmi les grands roseaux. Des laveuses me découvriront; viendront ensuite les formalités d'usage. On me reconnaîtra quand? deux semaines après; et je serai sans doute oublié à ce moment. J'entre dans l'anonyme. » Le carrosse s'arrête près du Pont-Neuf. Alceste descend et longe le parapet jusque vers l'Ile.

Et ce fut alors la nuit mémorable que l'on nomma depuis *la Nuit d'Alceste*, pour ce qu'il s'y régénéra.

Alceste a déposé sur le parapet son chapeau galonné. Déjà, il a tiré de son gousset la vieille montre de famille, l'a posée sur la pierre, auprès de sa canne à pommeau précieux. Il enlève son manteau. « Rubans verts, soupire-t-il, couleur d'espérance, superstition, j'en suis désabusé. Rien n'est vrai, pas même les superstitions! Qu'est-ce que je suis venu faire en ce triste bas monde! »

Ici le Misanthrope récapitule. Mesure de bienséance personnelle; il ne serait pas décent qu'un gentleman en instance d'un monde meil-

leur ne considérât pas l'étendue de son infortune,
avant d'adjuger. Et puis, il peut passer un bout
de certitude, au dernier moment épave où se
raccrocher.

Alceste s'accoude, dans la pose classique du
désespéré; en bas, la Seine est comme un large
lé d'étoffe noire lamée d'or; Alceste laisse aller
quelque rêverie, au fil de l'eau.

« Ce n'est pas pour me vanter; mais j'ai été
singulièrement déçu dans mes aspirations. Zéro,
plus zéro, égale zéro, et voilà trente ans que ça
dure. Il y a même plus, si je compte l'atavisme
où mon malheur était en puissance. Il n'y a qu'à
regarder mes portraits d'ancêtres; une jolie collection de moroses et de Figés-dans-l'Attitude;
évidemment ils ont déterminé ma manière d'être.
On m'a fait légataire universel d'une tristesse
capitalisée par les grands parents. Et ceux ci
eurent par-dessus le marché l'aplomb de déclarer que la jeunesse d'aujourd'hui étalait une
honteuse mélancolie.

Je suis né; tout de suite ça a commencé. La
nourrice sèche me fit boire du lait frelaté, et s'é-
tonna de mon indignation. Peut-être y avait-il
de ma faute; je n'ai jamais su la traduire claire-

ment, mon indignation. Dès que j'ai parlé, je me suis pourtant manifesté à mon avantage. Surtout, j'évitai de mentir. On a profité de ma franchise pour me battre quand j'avouais mes fautes, et quand j'émettais des remarques désobligeantes envers les visiteurs. On m'enseignait ainsi de me tenir en garde contre les déconvenues que me réservait l'existence. Je n'ai pas compris; un malentendu, deux malentendus.

Est venu l'âge de raison. On m'a mis chez les Jansénistes de la rue Port-Royal. Que ne me fit-on entrer à la pension Gassendi où l'ordinaire (alimentaire et philosophique) était bien meilleur! Certainement les Solitaires sont de braves gens, mais si peu capables d'élever des enfants! Ils n'ont pas de passions; tandis que j'en avais, moi; j'en ai encore, et j'en souffre.

J'aurais pu faire un gracieux chenapan; ils ont sottement détourné mon activité vers le bien, pour voir ce que serait un homme selon leurs idées. Abus de confiance, c'est flagrant. Ils m'ont donné des principes passe-partout, dès mes premières dents. Ils me les ont donnés sans discernement, la trousse réglementaire qui sert à tous, alors qu'il convenait de les varier à l'in-

fini, selon les tempéraments et les circonstances.
Ils m'ont inculqué des théories dogmatiques
complètement fausses ; hélas ! j'aurais dû penser
qu'il n'est rien de fixe ; qu'il n'y a que des opinions et pas de certitudes. Aussi me suis-je
trouvé sans remède, dès les initiales déceptions.
On ne panse pas les plaies morales avec des an-
tiseptiques.

Mon éducation achevée, on m'a lancé dans le
monde. Le monde ! comment l'aurais-je connu ?
Les Solitaires rognaient sur mon argent de poche
pour m'empêcher de commettre des folies. Donc
pas moyen d'aller chez les filles afin de connaître les femmes, ni de fréquenter les tripots
afin de connaître les hommes. Encore si j'avais
apporté une parfaite naïveté dans l'étude de mes
concitoyens, je serais arrivé à me former une
saine et personnelle conception de la société.
Non. Comme on prépare des portées au jeu, on
avait préparé mes jugements, j'ai trouvé des sé-
quences de raisonnements toutes prêtes. On
m'avait prévenu que je rencontrerais de mauvaises gens ; je suis entré dans la vie active avec
la défiance et l'attente du mal.

Et quelle figure j'ai promenée dans le salons !

Comme j'ai dû ennuyer, doux Jésus! Je n'avais
pas le mot pour rire, je ne savais pas de monologues: en littérature, j'étais d'une intransi-
geance! Je comprenais les lazzis après le dernier vieillard; je ne dansais pas en mesure, et
j'étais gauche auprès des femmes. Je me suis
préservé vierge, en vue du mariage avec la fu-
future Elue. Sottise. En m'y prenant adroite-
ment je pouvais bâtir une sérieuse fortune soit
avec Arsinoé et le parti-prêtre, dans les salons
réactionnaires, soit avec la petite Eliante et les
hauts barons de la finance. J'eus des scrupules;
je n'ai, par conséquent, pas réussi avec ces
dames. Il faut me rendre cette justice d'avouer
qu'elles ont fait les avances.

J'ai cru à la plaisanterie mythologique de l'a-
mitié. On m'a présenté le sieur Philinte. Il me
plut parce qu'il possédait toutes les qualités que
j'aurais dû avoir, et un bon tailleur. Il avait reçu
la belle éducation anglaise, plus de solides idées
des choses. J'enviai ce délicieux indifférent ; lui,
au moins, sut monter la garde devant son for intérieur, crénelé d'ironies; moi, j'ai fait visiter
le mien à tout le monde; manque de tact et de
prudence. Il se faisait aimer, sans effort, parce

qu'il disait aux gens précisément ce qu'ils pen-
saient d'eux-mêmes. Avec ça, aucune conscience
morale; l'homme de Nisard.

Et la petite Célimène, quelle rouée! Donner
son cœur à ça, son précieux cœur qui n'a pas
encore servi... Si elle avait voulu, pourtant, me
laisser manipuler son univers, si elle m'avait
accepté comme directeur, je l'eusse rendue apte
à être pour moi l'Une-entre-toutes. Elle a préféré retourner à ses dentelles, à ses romances,
cette Petite-Impulsion. Elle ne sait pas ce qu'elle
perd, sans ça...

Pauvre, pauvre Moi, comme tu es dépareillé!
On t'en a fait des misères! Ils ont joué au massacre avec mes chères belles illusions, ils ont
coulé bas mes jolis bateaux. Et je n'ai pas, il ne
m'est pas permis d'avoir l'esprit démocratique.
Que ne puis-je me retourner vers la question sociale! Au point de vue chronologique, ce serait
illicite; je le regrette, la solution était là. Tout
ce que j'ai pu faire, c'est de me poser en mécon-
tent. Voilà où ça me mène; j'ai tellement crié
que j'avais soif de vérité: faut que je me noie,
pour être logique. »

Alceste reprend haleine. Au loin, un ivrogne

mélancolique chante une cavatine. Effet d'opéra,
mais Alceste en est attendri tout de même : « Il
l'a trouvée la solution, cet ivrogne. Néanmoins
elle manque de distinction, elle est trop chanson-
du-caveau ; je préfère la mienne. » Nouveau re-
lais de réflexion. Alceste considère la Seine lamée d'or et la noirâtre situation présente. « C'est
bien malpropre ; on se demande à quoi songe le
service des eaux, on ne peut même pas se sui-
cider dans de l'eau pure. Vieille Seine si sym-
bolique de devenirs sans cesse identiques, tu vas
me fournir une sortie à sensation. On en parlera
dans les journaux, seulement on ne manquera
pas d'attribuer mon suicide à un désespoir d'a-
mour. C'est pénible pour quelqu'un qui met fin
à ses jours pour des raisons purement philosophiques. Allons, la situation se traîne. — Chaque
flot apporte son contingent de charognes à
l'Avenir, la Grande-Mer, là-bas. Préparons
l'avenir ainsi qu'il sied au bon citoyen . »

Alceste enjambe le garde-fou. Même il se
hâte tant qu'il gagne un accroc à son haut-de-
chausses. Ce fait lui paraît regrettable. Aussitôt,
afin d'en méditer, il s'assied à califourchon sur
la traverse. La pose étant dépourvue de noblesse,

les pensées d'Alceste cessent de planer. « Est-il
décent, en somme, de paraître devant le souverain Juge avec un accroc à son haut-de-chausses?
Le souverain Juge examine l'âme, et non le
haut-de-chausses. Y a-t-il un souverain Juge?
Je suis porté à le nier, pendant qu'il est encore
temps. Non, on croirait à du dépit. Je lui dirai,
s'il est : « Seigneur, au lieu d'actionner les re-
pris de justice qui gâtent votre création, vous
avez pris plaisir à frapper votre partisan. Vous
avez consenti que tout me déçoive, femmes,
amitié, entours, existence, procédure et méta-
physique. Ça vaut bien les circonstances atté-
nuantes. Faites attention, je vous prie, que je
me suis supprimé en tant qu'antinomie sociale.»
Il fera beau demain ; la lune est très claire. Au
demeurant, que m'importe ! »

Eh bien ! non, Alceste ne peut se résoudre à
sauter le pas. Quand on est mort, c'est pour longtemps. Il pose de nouveau le problème : « *Dois-
je?* — *Oui,* à coup sûr, si je pousse jusqu'au
bout des principes qui ont cessé de plaire. *Non,*
si j'envisage les choses autrement. Le monde
ira-t-il mieux dès que j'aurai supprimé un témoin dont il se soucie peu? Je ne crois pas.

Puis-je l'améliorer ? J'ai essayé, ça ne m'a pas réussi. »

Alceste se concentre ; en même temps, il se cramponne solidement à sa traverse. Minutes inoubliables. Après une série de tâtonnements, il s'écrie sur un ton chromatique de découverte : « Ho, ho, ho, ho, ho, ho ! Ah çà ! mais tout s'éclaircit ! La voilà bien, la solution, et que simple ! *Je puis réformer mes convictions.* Tout m'y poussait ; on cherchait à me faire comprendre qu'il fallait accepter ou sortir. Evidemment : si la saleté générale me révolte, c'est parce que je ne suis pas sale. Dès que je serai sale, elle ne me révoltera plus. Je n'ai pas le nombre de vibrations nécessaires pour marquer ce « la » de l'universelle canaillerie ; je chante d'un ton au-dessous, dans la symphonie des êtres. Mettons-nous d'accord. Que de temps perdu !

Certes j'aurai quelque peine à abandonner les gestes de dédain où je me suis complu. Mais cette attitude de Perpétuel-Indigné manquait de grâce. Avais-je besoin de me mêler des affaires du Grand Déterminisme (plus connu sous le nom de Providence) ? J'étais impuissant à réformer, j'avais les bras liés. Alors, quoi ? Expérimentons

de l'autre côté. Le Monde marche avec le pammuflisme; il faut que le pammuflisme soit une
condition de son fonctionnement. La vertu ne
serait qu'une inutilité de luxe, disons mieux :
une pose. Elle est contraire à l'Art, qu'elle en-
trave. — Qu'est-ce qu'elle a créé ? Des asiles de
nuit, et encore avec le produit des ventes de
charité organisées par des actrices. (Humiliant
pour les gueux, qui ont leur fierté, après tout.)
Ce sont les gredins qui disséminent le capital,
qui fondent les œuvres philanthropiques dura-
bles. Ce sont les femmes perdues qui recueillent
les enfants trouvés; les mélodrames nous l'as-
surent. L'égoïsme vivifie les sociétés, le renon-
cement les tue. Vive Moi ! j'ai une raison d'être.
J'enterre l'altruisme, si j'ose m'exprimer ainsi,
et j'instaure la culture du moi. Désormais, j'er-
rerai par le monde pour mon bien, et je m'offri-
rai le spectacle des rares Alcestes qui persis-
tent à s'y abuser. »

Alceste descendit du parapet, cracha dans la
Seine, brossa du coude les bords de son chapeau, empocha sa vieille montre, mit son manteau sur ses épaules et s'en fut gaillardement
par les rues vagues en tapant sur les volets.

Il croisa un passant attardé. Afin d'essayer
sans retard sa nouvelle individualité, il courut
sus au passant, la canne haute «... Bourse ou
la vie ? »

— Eh ! Mais, c'est monsieur le marquis Alceste? Vous ne me reconnaissez pas ? je suis
votre monsieur Jourdain.

— Erreur ; vous n'êtes que le Non-Moi. Allons,
cette bourse !

— Mais...

— Pas de réplique. La propriété c'est le vol.

Foudroyé par cet anachronisme et aussi par un
vigoureux coup de canne sur la nuque, M. Jourdain s'abattit, nez contre terre. Alceste le fouilla,
ayant soin toutefois de ne pas se départir d'une
certaine élégance de bon ton. Il murmura :
« Soixante livres et des sols. Pas payé ; mon
joli coup de canne valait mieux. » Puis il rentra
chez lui sans émotion.

Il rentra chez lui, dis-je. Mais s'il avait volé
M. Jourdain sans émotion, c'est qu'il venait de
dépouiller le vieil homme ; il inaugurait un néo-
Alceste. Il se tint parole. Il battit ses gens, ne
les paya pas ; il mit à mal des filles, débaucha
des mineures. Il tricha au jeu, rentrant ainsi

dans ses frais d'honnêteté ; nul ne s'en aperçut ; on n'aurait osé soupçonner le marquis. Ses biseaux étaient du reste irréprochables.

Comme il fallait faire une fin, il épousa Célimène (la belle Mme Alceste, vous savez). Il la roua de coups, croqua sa dot en compagnie de drôlesses. Elle l'adora. C'était un encouragement ; il la trompa avec son amie, femme de son meilleur ami, Philinte, comme on se souvient. Celle-ci, il s'efforça de la corrompre par de savantes excursions dans les lieux consacrés. Je précise : ce fut lui aussi qui imagina d'habiller Arsinoé en débardeur, un jour de carnaval, ainsi que le savant M. Aulard l'a prouvé. (Il y a des textes de Mme de Sévigné.)

Il eut des enfants naturels dans tous les coins, se fit ramasser une fois par semaine dans le ruisseau où il prit coutume de rouler après s'être monacalement grisé. On dit qu'il s'attarda à de basses débauches, qu'il commandita des accaparements ; je serais disposé à le croire. Enfin, quand il eut ruiné ses amis, fait mourir de chagrin sa pauvre femme, il parut mûr pour la politique. On lui confia les colonies.

Ses goûts le portaient plutôt vers la littéra-

ture. Il nous reste de lui des *Poèmes sacrés*, des
Élégies, quelques livres édités en Belgique sans
nom d'auteur, et la préface des *Sonnets* publiés
vers cette époque par un certain Oronte.

L'expérience avait réussi. Alceste s'accommo-
dait de cet état de choses. Il déclarait qu'au bout
du compte, le monde avait du bon, et, paraît-il,
vers la fin de sa vie, il pardonnait définitivement
à l'espèce humaine. Au dire de tous il fut un
digne vieillard.

Prière.

Plaise à Dieu que nous parvenions à un âge
avancé, après avoir, ainsi qu'Alceste, trouvé le
sens de l'existence.

COLONISATION

A Fernand Vandérèm.

Il était une fois un roi qui passait pour très heureux parce qu'il possédait beaucoup de femmes et peu d'enfants.

On le nommait N'Gu Falls, fils de Foulabé; sous sa loi, les Mombouttos s'estimaient heureux eux aussi. — Il est possible que vous situiez mal l'empire des Mombouttos; le Congrès de Berlin y tâcha vainement. Des sommes considérables ont été dépensées, des troupes sacrifiées, des honneurs nationaux bafoués, puis vengés, sans que l'on arrive à savoir au juste où se trouve le domaine du fils de Foulabé.

J'insiste sur ce point d'histoire : N'Gu Falls

vivait légendairement content et ne devait de
comptes à personne. Il avait réduit à son mi-
nimum l'administration du pays ; c'est d'une
simplicité biblique ; il percevait les impôts en
nature ou en monnaie de coquillages nommés
cauris, rendait la justice sous un baobab, comme
il sied au mieux de sa conscience et de ses
intérêts, laissait son armée se payer sur la bête,
c'est-à-dire sur le civil ; il changeait ses ministres
à coups de sabre quand ils avaient trop ouverte-
ment volé, et honorait les dieux. Moyennant
quelles mesures le peuple avait loisir de vaquer
à ses affaires, hors de crainte de bouleverse-
ments sociaux.

Tous les six mois, afin d'assurer la sécurité
des frontières, le Roi Très-Sage partait en
guerre contre les peuplades limitrophes plus
faibles, leur octroyait une formidable raclée ;
au retour, fêtes triomphales, holocaustes splen-
dides, oraisons vers la Paix. Puis l'on mangeait
les prisonniers au fur et à mesure, car il ne
serait pas juste que l'homme se nourrît uniquement de la chair des animaux. Les Mombouttos
pratiquaient la maxime cannibale : « Aimez-
vous les uns les autres. »

N'Gu Falls avait cinq fils ; désireux ne ne pas engager l'avenir, il s'était abstenu de désigner aucun d'eux à sa succession. Il préférait laisser à ces jeunes gens l'initiative de leur ambition, sûr d'avance que, l'instant venu, le plus fort et le plus rusé mangerait les quatre autres. Procédé infaillible pour éviter les futiles compétitions et condenser l'esprit de famille.

Vraiment, et j'ai honte à le constater, cet estimable monarque n'éprouvait aucun besoin de se civiliser. Du moment que les choses marchaient bien ainsi, pourquoi eût-il modifié leur agencement ? Foulabé passa de belles heures jusqu'au jour où, glissé au gâtisme, il se résigna à sortir de ce piètre ici-bas : le sabre de N'Gu avait précipité quelque peu sa sortie, mais une telle conduite est légitime, conforme aux lois de l'évolution, et, puisque la Constitution des Mombouttos l'exige, à quoi bon récriminer ? L'actuel potentat espérait voir une quantité suffisante de saisons, au sein de ses nombreux vrais et faux ménages.

Les *Relations des missionnaires* nous ont conservé, d'après les papiers du R. P. Carmejean, les idées cosmographiques et métaphysiques de

N'Gu Falls ; les qualifierons-nous d'obscures ?
— Il pensait que le monde était une vaste table
portée par un géant, invisible puisque caché des-
sous. Le géant accroupi tenait dans sa main droite
une énorme torche qu'il promenait au-dessus de
la table, puis cachait, produisant alternativement le jour et la nuit. Quarante-cinq géants
plus petits étaient rangés debout autour de la
table et s'amusaient à faire mouvoir les hommes,
à planter les arbres et les fleurs, à souffler l'eau.
Quand ils se disputaient, leur voix était le bruit
du tonnerre. L'un d'eux avait pour spéciale fonc-
tion de déterrer les morts, d'habiller les sque-
lettes d'une nouvelle chair et de les rejeter dans
la circulation.

Une tradition, réputée véridique, confirmait
l'existence de ces géants ; ceux qui la mettaient
en doute étaient promptement restitués à leur
Démiurge, afin que celui-ci réformât ces poupées vicieuses ; et voilà pourquoi N'Gu Falls, qui
était un homme de premier mouvement, coupait
incontinent la tête à tout soupçonné d'idées
avancées.

Il avait entendu dire que loin, par delà les
Grandes Montagnes, du côté des Pays Froids,

végétaient des peuplades fabuleuses d'hommes au teint blafard, sans cheveux, complètement voilés et habitant des demeures superposées. On racontait mille histoires extraordinaires de ces gens. Comme tout esprit sensé, le roi des Mombouttos n'ajoutait aucune foi à ces contes ; en vertu de quelle utilité des hommes seraient-ils blancs ? — N'Gu Falls n'aimait pas les rêveurs, qu'il appelait dédaigneusement des *idéologues* (mot du pays signifiant : fou, être primitif, méprisable quoique sacré).

Les décrets du Géant-d'en-dessous-la-Table sont parfois bizarres. Ils décidèrent que la tranquillité des Mombouttos prendrait fin. Les Quarante-Cinq Génies s'ennuyaient pour ce que le jeu de leurs poupées était trop monotone.

Un jour (il faisait aussi beau que de coutume ; personne n'aurait pu prévoir qu'il arriverait un malheur, par ce splendide soleil évocateur d'optimismes), N'Gu Falls ouït du tumulte à la porte de la case où il s'entretenait avec ses femmes. Loin de s'émouvoir, il saisit le *Dictionnaire de la conversation*, son sabre, veux-je dire, et sortit en effectuant d'élégants moulinets précurseurs.

La surprise qui l'attendait était si forte qu'il faillit du coup en croire au surnaturel : un *être blafard*, vêtu de manière inusitée, se débattait au milieu des gardes du trône, qui s'apprêtaient à le délivrer du souci de l'existence.

N'Gu Falls ne réfléchit pas que la présence de cet homme blanc dans ses États noirs était subversive des théologies coutumières, que les plus solides dogmes de la religion mombouttoe éclataient en poussière, telles des larmes bataviques. Il mourut jadis sous le couteau des grands-prêtres sacrificateurs deux cents schismatiques qui avaient osé supposer seulement l'existence de peuplades diversement colorées; leurs noms équivalaient les pires injures, hérésiarque, imposteur, faussaire. Et voilà que l'événement leur donnait gain de cause (un peu tard, mais enfin !). La raison d'Etat ordonnait à N'Gu Falls d'effacer au plus vite ce regrettable contradictoire.

La curiosité fut plus forte chez ce nègre ; il désira connaître le personnage surnaturel, fit signe à ses gardes de rengainer leurs couperets et, s'approchant de l'être lunaire, il ne craignit pas de lui adresser la parole :

— Qui es-tu?

L'autre, dans le plus pur dialecte momboutto, lui répondit :

— Prince, je suis le Révérend Père Sébastien Carmejean, prêtre des Missions Importunes, dont la maison mère est sise à Clamart, près Paris, 3, rue des Bois; je suis un homme de paix et je viens exprès pour vous civiliser.

— Ah! ah!! déclara le roi, qui n'ayant presque rien compris, ne voulait pas néanmoins se compromettre.

L'homme anormal lui sembla digne qu'on lui conservât la vie; il devait avoir des histoires excessivement intéressantes à narrer. En outre, c'était une curiosité unique de son espèce; peut-être pourrait-on, grâce à lui, compléter les renseignements ethnographiques sur les pays au delà des montagnes; d'ailleurs, s'il menaçait par trop la sécurité des idées reçues, il serait toujours temps de le supprimer. Donc N'Gu Falls lui assigna une escorte particulière, autant pour le défendre contre la malveillance des féticheurs que pour lui ôter l'envie de se sauver.

Puis il réintégra son palais afin de satisfaire à la Constitution qui lui assignait quatre heures

de digestion dans le sommeil. Parmi les vibrations de l'éternel Midi où ils circulent sous
formes de grosses mouches bleues, les Mauvais
Esprits se réjouirent et dansèrent d'incessants
vitos.

*
* *

Le soir même, Sa Majesté pria à souper en sa
demeure le R. P. Sébastien Carmejean. Souverain prodigue, N'Gu Falls ne regarda pas à la
dépense, servit du meilleur et tint à donner à son
hôte une grande idée de l'hospitalité royale. Il
choisit entre ses favorites deux des plus belles
et les lui octroya. L'homme des pays froids accepta le souper, mais (l'aurait-on cru?) refusa les favorites, malgré l'affectueuse insistance du maître de la maison.

La conversation ne ralentit point; N'Gu
Falls apprit mille choses plus surprenantes les
unes que les autres, et dont il mêlait un peu les
rapports. Le R. P. Carmejean essaya d'abord de
trier les opinions de son interlocuteur; mais
s'étant aperçu qu'il n'arrivait qu'à davantage
embrouiller l'écheveau desdites, il ne s'attarda
pas à cette formalité.

N'Gu Falls apprit que les hommes laiteux

étaient en masse tout à fait au Nord, qu'ils habi-
taient en effet des cases superposées, qu'ils ne
parlaient pas communément le momboutto,
qu'ils avaient des idées personnelles sur l'existence de Dieu, qu'ils se combattaient pour le
plaisir, qu'ils honoraient les *idéologues* quand
ceux-ci étaient morts, qu'ils n'avaient en général qu'une femme et deux enfants.

« Voilà d'étranges coutumes, conclut le fils
de Foulabé ; vos compatriotes sont encore très
près de la nature et de la barbarie. Si je n'avais
pour principe de ne pas me mêler de ce qui ne
me regarde pas, j'irais les éclairer. Toutefois,
poursuivez. »

Il sut que ces barbares étaient régis par un
roi infiniment doux, du nom de Jésus, qui s'é-
tait laissé mettre en croix pour arracher ses sujets à la domination d'un usurpateur : « En vérité, reprit N'Gu, vous me rendez fou. Pourquoi
ce Jésus Ier a-t-il consenti à mourir pour son
peuple quand il était selon l'ordre des choses
que son peuple souffrît pour lui ? Moi présent,
son supplice n'eût pas eu lieu, je ne l'aurais pas
permis. Je me serais placé à la tête des nobles et

9

nous aurions chargé la canaille. — Vous disiez? »

Tous ceux qui accueillaient l'alliance avec le roi Jésus entraient dans un jardin merveilleux, rempli de fruits démesurés et des plus belles fleurs dont la joie ne passait jamais, où d'invisibles musiques épandaient l'allégresse absolue. Le gibier s'offrait de lui-même aux flèches, et le soleil était moins ardent, afin de ne pas blesser d'une lueur trop vive les inconcevables délices réalisées dans ce jardin.

« Cela est à peine croyable, soupira N'Gu Falls encore un peu rebelle aux idéalismes septentrionaux. Néanmoins, puisque vous me le dites, il faut qu'il en soit ainsi.

» Je ne comprends pas que vous ayez eu le courage de quitter une telle contrée, uniquement pour m'avertir ; je vous suis reconnaissant. Je me hâterai de former alliance avec votre roi, et vous me mènerez à son jardin, accompagné que je serai des dignitaires de ma cour. Mon peuple n'a pas de raisons d'émigrer avec moi ; il est assez heureux ici, la vie qu'il traîne est encore trop bonne pour lui. Maintenant, que faut-il que nous fassions pour avoir droit d'entrée dans votre jardin de Paradis ? »

Dès lors N'Gu Falls appartint au R. P. Carmejean. Sur ses conseils, il congédia ses
femmes ; et cette réforme ne lui fut nullement
désagréable. Il garda la plus jolie et maria les
autres avec les plus vieux de ses chambellans.
Le fait est historique, et du reste fréquent dans
les pays de monarchie.

Ensuite on lui enseigna qu'il n'y a qu'un seul
Dieu effectif, et que les autres sont titulaires de
sinécures ; qu'il est faux que les dieux prennent
plaisir à pousser les hommes, attendu que les
hommes sont suffisamment capables de commettre des sottises de leur propre mouvement.
N'Gu Falls jeta au fleuve les antiques dieux des
Mombouttos ; les quarante-cinq manitous exi-
lés s'en furent tristement au fil de l'eau, cadavres de cultes abolis. Les peuplades limitrophes
les recueillirent et s'applaudirent, disant :
« Tant mieux ! Les Mombouttos répudient
leurs divinités tutélaires. Nous allons les repê-
cher, les placer en notre temple et nous les
rendre favorables. Ils nous donneront la victoire
sur leurs renégats. » Et c'était vaillamment rai-
sonné.

Le R. P. Carmejean démontra que tout ami

de son Seigneur s'engageait à ne pas manger
de chair humaine ; il pria le roi nègre de mo-
difier ses menus.

N'Gu Falls renonça à giboyer chez ses voisins ; mais il trouva qu'il lui était dur de changer de régime à son âge. Les Grands et le peuple murmurèrent quand on noya les manitous; ils
murmurèrent encore quand on leur ôta les ennemis de la bouche.

Le R. P. Carmejean demanda que l'on abolît
la peine de mort. N'Gu Falls, possédé d'amitié,
lui concéda cette réforme, quoiqu'il se privât
ainsi d'un des sports qui entretenaient sa vi-
gueur. Cette fois l'indignation des Grands et du
peuple déborda ; la tradition de cruauté nationale
allait-elle disparaître ? N'Gu Falls se conduisit
comme tout souverain doit se conduire quand le
peuple s'agite : il chassa les mécontents et s'ap-
propria leurs biens. Les féticheurs, outrés, firent
cause commune avec eux.

Le fils de Foulabé s'attachait de plus en plus
à ce R. P. Carmejean qui savait de si belles histoires ; par affection pour lui, il se soumit à toutes ses fantaisies, apposa sa signature au bas de
papiers, déclara qu'il croyait à quantité de my-

thologies encore moins vraisemblables que celle
des Mombouttos, subit plusieurs cérémonies
énigmatiques. Mais il se désola, lorsqu'il s'aperçut que sa chère curiosité blafarde commençait à se détériorer. Sébastien Carmejean tira
sur le jaune, puis sur le vert, et il devint évident
qu'il n'en avait plus pour longtemps à évangé-
liser son nègre. Sa Majesté, folle de douleur,
pria alternativement le nouveau manitou et les
anciens ; elle alla jusqu'à rappeler ses féticheurs, les réexila parce qu'ils ne réussissaient
pas à restaurer son ami. Le missionnaire déclina ;
de jour en jour il restreignit le cercle de sa pro-
menade, comme s'il eût disputé le terrain à la
Mort, pied à pied. Vint qu'il ne put sortir de sa
case ; il s'alita, et la Vieille Femme s'assit au
seuil, en attente. Rien ne put la chasser : incan-
tations des sorciers, vapeurs des herbes que l'on
brûle pour éloigner les démons, potion d'ongles
d'oiseaux sacrés, — quinquina ou toniques.
L'âme du religieux ne voulait plus de son corps,
tant il montrait la corde.

Quand fut arrivée l'heure du départ, le
R. P. Carmejean implora de son royal néophyte
deux ultimes grâces : 1° que l'on portât à la côte

prochaine ses papiers, ses livres et les collec-
tions qu'il avait réunies, afin que ses compatriotes connussent où il avait pris fin ; 2° que
N'Gu Falls consentît à fixer au fronton de la
case royale un porte-bonheur, sorte de bout de
bois auquel était cloué un chiffon tricolore.

Ayant reçu la promesse que ces deux souhaits
seraient exécutés, il se résorba doucement dans
la paix du Seigneur.

*
* *

N'Gu Falls n'avait pas pleuré lorsqu'il s'était
séparé de ses soixante-douze femmes légitimes
et de ses cent quarante-quatre concubines. Il
n'avait pas pleuré non plus lorsqu'il avait noyé
les quarante-cinq divinités tutélaires des Mombouttos ; il n'avait pas pleuré lorsqu'il avait
renoncé à la chair humaine.

A la mort du R. P. Carmejean, il versa d'a-
bondantes larmes; sa cour porta le deuil six
semaines, selon la coutume festoya ce durant;
et l'on rendit les honneurs divins aux mânes de
l'Européen. Deux mois après, le roi pensait
encore à cet homme étrange qui avait une voix

de persuasion si douce, qui n'avait jamais versé le sang, et qui n'aimait pas l'approche des femmes. Il se désolait de l'avoir gardé si peu de temps, et contemplait mélancoliquement le fétiche tricolore à lui légué.

Seul l'inquiétait le problème insoluble : « Pourquoi cet homme était-il venu ? »

Le Géant tourna bien des fois sa torche autour de la table où nous nous agitons. La mémoire du R. P. Carmejean entrait insensiblement dans la légende religieuse, quand on signala l'approche d'une troupe de gens semblables au défunt. N'Gu Falls induisit que la famille du feu missionnaire venait lui rendre visite, et il en fut joyeux. Il ordonna toutes choses pour une réception splendide, mit les petites calebasses dans les grandes suivant un proverbe populaire, leva sur ses sujets un impôt extraordinaire (comme tous les impôts, d'ailleurs), et attendit.

Parurent en bon ordre plus de cent trente étrangers blancs, suivis du double de porteurs noirs, vêtus et coiffés de blanc et tenant à la main des bâtons de fer dont ils tiraient un tapage inutilement horrifique. Ils étaient roses de peau et rouges de cheveux pour la plupart ; N'Gu, à

la tête de ses nobles, les joignit et leur dit :
« Vous cherchez votre parent ? Il était ici il y a
un an ; mais il prit une mauvaise fièvre dont il
s'est laissé mourir. En souvenir de lui, je vous
traiterai bien. Comment va mon excellent cousin le roi Jésus ? Est-il tout à fait remis de ses
tribulations ? »

Mais les étrangers affectèrent immédiatement
un air rogue qui déplut à Sa Majesté. Ils exi-
gèrent à boire, à manger, plus des cases et des
compagnes ; N'Gu Falls réfléchit : « Ceux-là sont
moins parfaitement élevés que leur frère, mon
défunt ami. Ils ne savent pas demander ; pourtant je leur donnerai tout de même asile. Peut-
être m'expliqueront-ils ce qui les amène en mon
pays ? »

Comme ils arrivaient sur la place Royale,
les hommes roses aperçurent planté sur la case
principale le fétiche tricolore qu'une brise go-
guenarde dépliait. Aussitôt, ils manifestèrent
un vif déplaisir ; celui qui avait une petite échelle
d'or sur ses manches, pointant le doigt vers la
chose ironique, interrogea N'Gu Falls :

— Qu'est-ce que c'est que ça ?

— Ne le reconnaissez-vous pas ? C'est le

fétiche de votre frère Carmejean. Avant sa mort,
il me l'a légué, en me priant de le conserver par
amitié pour lui. Car il éloigne les mauvais
esprits et amène la prospérité.

C'est grâce à lui, sans doute, que j'ai la
joie de votre visite, ajouta le nègre, d'une politesse exquise, certes.

L'homme roux grimaça : « D'abord ce Carmejean n'était pas notre frère, mais un parent très
éloigné, d'une descendance avec laquelle nous
sommes brouillés. La conduite des siens est un
scandale pour les Pays-Froids. Ce fétiche n'attire pas la prospérité et n'éloigne pas les mauvais
esprits ; il fait justement le contraire. Je vous en
donnerai un bien meilleur tout neuf, rouge avec
une croix bleue dans le coin ; vous verrez, c'est
beaucoup plus joli et plus efficace. » Et, sans
retard, il tira d'une caisse le fétiche et l'offrit.

N'Gu Falls chut en des perplexités. Il se
gratta la tête comme un qui ne sait à quoi se résoudre. « J'entrevois, dit-il, qu'il est trop difficile à un roi d'avoir raison dans toutes ses
déterminations. Je ne veux pas ôter ce fétiche-là
que j'ai juré de garder ; et je ne suis pas assez
grossier pour repousser ce fétiche-ci que vous

m'offrez avec tant de bonne grâce. C'est bien simple, je vais le clouer auprès du premier ; de la sorte, si l'un d'eux est mauvais, l'autre le neutralisera. » Et, sans vouloir rien entendre, il fit comme il avait dit.

De nouveau il posa aux étrangers la question que le R. P. Carmejean avait si évasivement résolue : « Qu'est-ce qui vous conduit ici ? Il n'y a donc pas de pain chez vous ? Pourquoi marcher à l'aventure, le long des routes ? » Il lui fut répondu : « Nous sommes les pionniers de la civilisation. Nous vous apportons la protection de notre pays.

— Je vous remercie ; il n'était pas besoin de vous déranger, je suis assez fort pour me protéger moi-même ; quant à la civilisation, que voulez-vous désigner par ce mot, qui n'a pas d'équivalent dans notre langue ?

— On vous le montrera ; la civilisation est l'action de civiliser.

— Vous m'étonnez », et il eut l'air d'avoir compris.

Il s'enquit encore du roi Jésus. On lui donna les plus fraîches nouvelles, assurément stupéfiantes pour un noir. Le roi Jésus avait été dé-

trôné par une femme, l'Impératrice des Indes,
de complicité avec un nommé Christ qui ne plai-
santait pas et qui envoyait ses sujets rôtir dans
une fournaise. On présenta son ambassadeur, un
homme rigide, rasé, qui portait sous le bras un
livre relié en chagrin noir. Il déclara qu'il se
chargeait de ramener Sa Majesté vers le Bien.

N'Gu Falls pensa : « Si ce pauvre Carmejean
savait ces nouvelles, il serait fort triste, lui qui
aimait tant son Roi-Jardinier. Il lui vaut mieux
qu'il soit mort. Les émeutiers auront saccagé
l'admirable jardin, et je n'y entrerai de ma vie. »

Premiers temps d'installation ; les hôtes étrangers se créèrent un quartier bruyant, gardé par
des postes, mesure de défiance du reste injus-
tifiée. N' Gu Falls en fut blessé. Puis, le chef
des Hommes Roses vint trouver le fils de Foulabé ; des porteurs l'accompagnaient, traînant
des caisses et des ballots. Il parla : « Sa Majesté
ma gracieuse souveraine vous envoie divers
présents afin d'entretenir l'amitié des Mombouttos pour notre peuple. Je vais vous les
remettre ; je pense que, comme le veut l'éti-
quette, à ces spontanées manifestations de cordialité vous répondrez par de non moins spon-

tanées manifestations analogues ; j'aimerais à
rapporter là-bas quelques marques de votre
faste. »

N'Gu Falls se méfia ; il n'aimait pas les *tapeurs*
(en momboutto : hommes rusés qui cherchent
à vous extorquer vos richesses). Il répondit :
« Je demande à examiner les cadeaux que l'on
m'envoie ; je réglerai d'après eux ma munifi-
cence. »

On déballa les caisses ; en sortirent des objets
disparates, de valeur inappréciable puisque
nulle. La civilisation y triomphait, je pense. Le
Luxe et la *Bijouterie* étaient représentés par
quarante-trois colliers de perles de verre, nuance
turquoise, ou grenat ou vert pomme, et vingt
mètres de cotonnade inférieure, trente bonnets
de nuit à houppes versicolores, soixante caleçons de bain. Les *Beaux-Arts* étaient représentés par dix boîtes de polichinelles assortis,
une pendule en faux bronze, des chromo-litho-
graphies allemandes et un orgue de Barbarie.
L'*Instruction publique* avait comme graines des
« tracts » de la Société évangélique, des
« Christmas Numbers » incomplets, les poésies
d'Oscar Wilde, et des réclames de Pear's Soap.

La *Guerre* était symbolisée par deux clairons, quatre sabres d'apparat à poignée de cuivre, des fusils à pierre hors d'usage et des képis avariés. L'*Industrie* offrait divers objets de fer-blanc, casseroles, bougeoirs, pelles et pincettes ; enfin, des jumelles, du cognac de bas étage, des chapeaux hauts de forme retraités, etc., etc.

N'Gu Falls interrogea, timide : « Et... après ?

— C'est tout ; la somptuosité de ces dons vous empêche de les inventorier...

— Me prendriez-vous pour un imbécile ?

— Oh !..

— Le fils de Foulabé n'est pas un imbécile. Ça, c'est du verre ; ça, c'est de vieux sabres ; ça, c'est du coton ; plus ces objets dont la destination m'est inconnue, et qui, par conséquent, ne m'intéressent pas. Votre musique est horrible et vos peintures ne valent pas celles de mon ex-temple. Je ne me soucie pas de polichinelles. Voulez-vous mes ministres en échange ? Pourquoi nous couvririons-nous de ces étoffes, puisque notre peau nous est déjà trop lourde ?

» Ainsi, c'est là ce que vous nommez des cadeaux ! Le tout coûte exactement deux cents *cauris* sur les marchés de Tombouctou, et je me flatte de ne pas ignorer le prix des choses. Je ne vous demandais rien ; mais dès lors que vous vouliez me rendre ma politesse, vous deviez bien faire les choses. Gardez vos ferrailles, et qu'il n'en soit plus question. Quand partez-vous ?

— Pardon ; j'ai apporté d'Europe ces verroteries et ces précieuses cotonnades où des pagnes sont en puissance. Il serait absurde de ma part de les remporter. Et puis en voilà assez ; si vous repoussez les cadeaux, vous vous déclarez l'ennemi de mon pays, et vous serez traité comme tel. Réfléchissez.

— Je ne veux être l'ennemi de personne ; vous êtes mes hôtes. J'accepte les cadeaux.

— Dans ce cas, modula l'homme des Pays Froids, vous nous donnerez de la poudre d'or, des diamants, de l'ivoire, du bétail, des céréales et autres accessoires dont suit la liste. »

N'Gu Falls s'exécuta. Hélas ! c'était un caractère faible. D'ailleurs, on avait eu soin de lui exposer le maniement des armes à feu ; la théorie du fusil Winchester l'avait préparé à toutes les concessions. Il leva un nouvel impôt extra-

ordinaire pour offrir des cadeaux aux intrus, —
aux inexplicables intrus.

Et la vie devint impossible ès pays Momboutto; les hommes rouges traitèrent les indi-
gènes en peuple conquis. Les impôts extraordinaires se changèrent en impôts ordinaires,
payables sous peine d'esclavage. Chaque jour,
c'étaient de renchérissantes exigences. Le
gibier des chasses royales y passa, y passèrent
aussi les récoltes de l'année, les réserves de vin
de palme, les troupeaux de garantie contre la
famine; quantes fois que les étrangers étaient
gris (ce qui leur arrivait tous les soirs), ils
s'exaspéraient, regrettaient leur patrie et tapaient
dru sur l'autochtone, à qui il était défendu de
rendre la monnaie. Le peuple s'indignait surtout contre son roi, qui ne le soutenait pas et se
rangeait toujours à l'avis de l'oppresseur. (Vous
savez que le fusil Winchester à répétition est
une arme merveilleuse.)

Les plus chères coutumes ancestrales furent
abolies. Interdiction de travailler à certains
jours, de danser en rond, le soir, sous les palmiers. Ordre de ne prendre qu'une femme à la
fois, et avec l'autorisation de l'homme rasé;

ordre d'aller entendre périodiquement les paroles blessantes qu'il adressait à l'humanité en
général et aux Mombouttos en particulier.

N'Gu Falls s'efforçait de réclamer contre ces
changements, montrait les dents ; on lui rétor-
quait :

« Vous croupissiez dans la barbarie ; ne
voyez-vous pas que nous vous civilisons ? Il
faut nous avoir une grande reconnaissance.
Nous travaillons à votre salut et à celui de votre
peuple. » (Le fusil Winchester peut tirer ses
douze coups en l'espace de deux minutes.)

Sa Majesté, convaincue par ces raisons, terri-
fiée par le spectacle des étrangers s'exerçant
à la cible, et lasse désespérément, laissa les
affaires passer aux mains de ses hôtes. L'homme
aux barres d'or sur la manche accapara, l'une
après l'autre, l'Administration, la Finance, la
Justice. Il percevait les impôts, rédigeait les
protocoles, forçait les hommes valides à percer
des routes stratégiques, gâtant ainsi les admi-
rables et séculaires forêts dont le hasard avait
bastionné la région. Des alliances se conclurent
avec les voisins, les pires ennemis du monarque.
N'Gu Falls fut obligé de faire des amabilités

aux gens qu'il exécrait. Le peuple ne murmura plus, il hurla. Résultat : les étrangers ne se crurent plus en sûreté et procédèrent à des exécutions sommaires, pour l'exemple.

Les Mombouttos n'aimaient pas à être tués par d'autres que leur roi héréditaire. Ils achevèrent de détester leurs visiteurs et la civilisation qu'ils importaient ; ce mot, mal interprété par des esprits prévenus, fut synonyme des plus odieux forfaits. Un Momboutto, qui projetait d'assassiner un autre Momboutto, lui disait : « Prends garde à toi ; un de ces soirs, je te *civiliserai* au coin d'un bois. »

Le chef des Civilisateurs estima que son enquête sur le pays était terminée, qu'il fallait organiser de façon définitive et annexer le territoire où la bonne fortune l'avait conduit. Il dit à N'Gù Falls :

— Tu vois toi-même que tu ne sers plus à rien, et que c'est nous qui avons tout le mal. Tu as assez régné, il est temps que tu te reposes.

— Comment ? Vous avez l'intention de rester ? Vous ne vous en irez donc pas ?

— Non, certes. Nous allons nous établir plus solidement, et désormais nous administrerons au

nom de notre souveraine. Rassure-toi, on te ser-
vira une rente viagère ; tâche de ne pas en abuser par une longévité de mauvais goût. A ta
place, je voyagerais.

N'Gu Falls parut accepter avec enthousiasme
et remercia vivement son aimable invité. Il avait
ses petits projets de derrière la tête.

*
* *

Le lendemain, pendant que les intrus dormaient dans leurs cases, accablés par la chaleur,
le roi détrôné tint conseil au milieu de ses
anciens ministres. Il prit à témoin les divinités
de la forêt : « L'homme est un incurable enfant ;
j'avais cru agir selon la justice en accordant la
vie à ce Carmejean ; sa douceur et aussi ses
maléfices m'avaient séduit ; il me dit des choses
folles auxquelles j'eus la sottise d'ajouter foi.
Carmejean m'a trompé : il n'y a pas de jardin
merveilleux, pas de roi Jésus, pas de félicité à
la portée des humains. Puis, j'ai accueilli ces
hommes du dehors, je les ai comblés de faveurs
à votre détriment, et je vous ai mécontentés
ainsi que mon peuple. J'ai chassé mes dieux,
chassé mes femmes, chassé mes amis, tout ce

qui m'était cher. Je suis puni cruellement ; voici
qu'à mon tour l'on m'exile et l'on me dépouille.
Dites, cela est-il supportable?

» J'ai tant souffert que si mon plus implacable
ennemi souffrait de même, je crois que je lui
pardonnerais. Aussi, le Géant-d'en-dessous-la
Terre et ses Quarante-Cinq divines émanations
m'ont pris en pitié ; serez-vous moins indul-
gents? J'attends de vous l'aide qui m'est nécessaire pour nous venger et liquider les voleurs
de nos biens. » L'auditoire ne put y résister ;
tous les ministres et les féticheurs pleuraient de
concert avec leur roi. Après une brève réconci-
liation, ils s'en allèrent surprendre et égorger
les gardes du Quartier Rose. Ensuite, toujours
sans bruit, de peur d'interrompre leurs songes,
ils massacrèrent leurs hôtes endormis. On épar-
gna un seul d'entre eux ; celui-là fut reconduit
hors des frontières, porteur d'une missive ainsi
rédigée :

« *N'Gu Falls, Fils de Foulabé, aux Hommes*
des Pays-Froids.

» Vous avez pénétré dans mes terres, y ame-
nant la débauche, l'ivrognerie, la brutalité et les

vices dont vous autres blancs vous êtes affligés.
Par ignorance de vos intentions, je vous avais
accueillis ; mais vous avez comblé la mesure
d'iniquités. J'ai déchaîné ma vengeance, et je
l'ai conduite en sorte que rien ne restât de
ceux qui m'ont offensé. A l'avenir, vous êtes
avertis : abstenez-vous de venir chez moi, où
le blanc est couleur séditieuse. Tout être de
votre nuance saisi sur mon domaine sera sans
délai mis à mort et jeté aux vautours. Je ne vais
pas vous harceler dans votre patrie, laissez-moi
paisible dans la mienne. Je tâcherai d'oublier
que vous existez. »

Alors il fut content de lui et reconquit la glo-
rieuse sérénité royale qui l'avait fui. Il arracha
du fronton de son palais les deux drapeaux de
malheur, reprit des femmes inédites et ses anciennes concubines.

A la suite d'une guerre, il se fit restituer par
ses voisins les dieux tutélaires de sa nation, les
rétablit en leur temple, mangea les prisonniers.

Le bon vieux temps était restauré intégralement.

Les Mombouttos exultèrent ; il leur semblait
que leurs moments d'épreuves n'avaient jamais

existé ; que Carmejean, les hommes roux, les
exactions, les fusillades, c'était une suite d'histoires improbables et douloureuses qu'un fâcheux
plaisant leur avait débitées. On dansait le soir
sous les palmiers, de plus belle ; et les routes
s'effondraient, gagnées par les pousses vivaces
et les herbes, comme si la nature elle-même se
fût hâtée d'effacer les traces des êtres odieux
qui l'avaient outragée.

Et, parfois, en quelque sieste de rêverie pro-
longée, si N'Gu Falls se posait l'éternel problème : « Que sont-ils venus faire ici, ces
gêneurs ? » il se satisfaisait de cette solution :
« Des Esprits nuisibles, par jalousie de ma prospérité, ont pris ces apparences afin de me conduire à ma perte. » Et il se rendormait, bercé
par les chants à bouche fermée de ses innom-
brables femmes et concubines.

*
* *

Des semaines, et puis des mois, et puis des
années.

N'Gu Falls ne se doutait pas des tem-
pêtes soulevées par l'acte de vengeance si
simple qu'il avait accompli. Tandis qu'il dor-

mait bercé par les chansons de ses femmes, des
notes aigres s'échangeaient là-bas, dans les
Pays Froids, d'île à continent. Des hommes,
représentants de millions d'hommes, se disputaient son humble pays de Momboutto. Il s'a-
gissait de déterminer à quelle nation reviendrait
le droit d'envoyer des soldats s'y faire tuer. En
fin de compte, le départ d'une armée mixte fut
décidé ; de nouveau et conjointement cette fois
le fétiche tricolore et le fétiche à croix débar-
quèrent en Afrique, franchirent des marais,
traversèrent des plaines de sable, des bois in-
violés, rapprochèrent des Mombouttos la
menace du fer et du feu...

N'Gu Falls était en train de prendre le frais
sur le seuil de sa case, se félicitait d'être au
monde et supputait d'après les promesses de la
belle saison le nombre de jarres de vin que les
palmiers rempliraient, quand surgit une es-
couade de... oui, de *Blancs !*

Il pensa d'abord : « Tiens, tiens ! comme
c'est curieux ! J'ai des troubles de la vue à présent. »

Il pensa ensuite : « Je ne suis pas fou... Est-
ce que les morts reviendraient ? »

Il pensa en dernier lieu : « Mille dévasta-
tions ! C'*en* est d'autres, et bien vivants ? »

Bien vivants, ô fils de Foulabé, et clairon-
nants et féroces !

Les gardes, suscités à coups de gong, se
massèrent autour de leur prince. Déjà l'es-
couade approchait ; un interprète se détacha et
lut une proclamation: Il y était dit que les deux
nations coalisées dépêchaient une armée à N'Gu
Falls, dans l'intention d'obtenir prompte répara-
tion de l'injure commise envers leurs drapeaux.
(Or, le nègre ignorait absolument le nom et
l'usage de ces instruments.) Il y était dit que
le roi des Mombouttos devait déposer les armes
dans le plus bref délai et se constituer otage. Il
y était dit d'autres choses singulières ; par
exemple, qu'en cas de résistance, la ville serait
saccagée et ses habitants fusillés. Car il n'est
pas admissible que des nègres se révoltent
contre des idées blanches et gardent leurs
pauvres idées noires.

Mais N'Gu Falls ne laissa pas l'interprète
achever sa lecture. Il n'avait qu'une parole : il
leva son sabre et, en moins de temps que pour
un soupir, les parlementaires furent décapités

sur place. Le roi, toujours formaliste, plaça ces têtes dans des sacs et les envoya à leurs corps d'armée respectifs. Il s'occupa de mettre la ville en état de défense.

La question insoluble, une troisième fois le hantait : « Que viennent-ils faire ? Quelle rage les mène ? » Il n'arrivait pas à comprendre ça, le malheureux roi. Nul ne put le lui expliquer, ni les dignitaires, ni les prêtres, ni les fous voyants, ni qui que ce fût. Et, nous-mêmes, serions-nous capables d'une explication plausible ?

Quarante-huit heures après, les armées coalisées campèrent en vue de la capitale ; elles avaient préalablement, — c'est si naturel ! — incendié les forêts séculaires.

N'Gu Falls comprenait de moins en moins. On donna l'assaut ; case à case, les Momboutt os défendirent leur ville. Dans les Pays Froids on eût admiré cet exemple de patriotique héroïsme. Mais, vous savez, les sentiments changent de nom avec les latitudes.

La lutte se circonscrivit autour de la case royale. — Il est écrit au Code maritime, qu'en cas de naufrage, le capitaine doit quitter son

bord le dernier. N'Gù Falls, qui n'avait pas lu
le Code maritime, tint pourtant à honneur de ne
quitter cette triste vie que quand le dernier de
ses sujets eut exhalé son âme obscure.

... Les Nobles sont tombés, ayant prodigué
des thèmes à épopée que nul aède, hélas! ne
mettra en œuvre. Les Prêtres sont morts aux
pieds des quarante-cinq manitous et les quarante-cinq manitous flambent en leur temple.
Une splendide lueur d'incendie, — un peu
théâtrale peut-être, — éclaire l'apothéose de
la Civilisation.

Alors, sur le tas de cadavres où il s'évertuait
encore, parmi les flammes, la fumée, les cris
des vainqueurs, les hurlements des femmes, le
courageux souverain restitue son souffle aux
Injustes Divinités qui décident du sort des
hommes, de quelque couleur qu'ils soient.

*
* *

Ainsi mourut N'Gu Falls, fils de Foulabé,
Ultime Roi des Mombouttos. Mais ce qu'il y a de
plus pénible dans cette fin, ce qui la recommande aux larmes des êtres sensibles, c'est que,
même mourant, N'Gu Falls N'AVAIT PAS ENCORE
COMPRIS!

LES TROIS MARIS DE Mme Z***.

Hon E. Renan. — Are you sure ?
Sir B. Pascal. — Perhaps.

(La Comédie des Horreurs.
Acte II, Sc. 6.)

A *Gustave Guiches.*

Deux maris de Mme Z*** furent suicides.

Le Premier, un homme grave, pondéré, agent de change, du moins j'aime à le croire. Il avait le choix entre plusieurs mousselines roses. Il prit plutôt celle-ci, parce qu'elle était sans fortune (garantie de reconnaissance, par conséquent), et puis parce que c'était sa destinée, après tout.

Donc, Elle fut Mme X***. Elle aima son mari,

comme il sied, pas plus qu'il ne sied. Les folles
passions font prime, à cette heure. Les jeunes
mariés virent la Suisse, le Tyrol, l'Oberland
danois, y exibèrent les rapprochements poétiques de rigueur ; sentiment de la nature et tout
ce qui s'ensuit. Puis ils rentrèrent à Paris, chacun à ses petits projets de derrière la tête, five
o'clock, 2 0/0 Ancien et Nouveau. Ils s'instal-
lèrent une estimable cordialité, avec les chambres à part, et les effusions hebdomadaires pour
perpétuer la race. Bien, bien, cela va de soi. On
les classa : l'un, paiements irréprochables, maison sûre, pas un mot à dire sur la probité ;
l'autre, chasteté de confiance, vertu à vue, qualités de ménage éprouvées. Pas de petites histoires à se chuchoter ? non ; alors on les laissa
vivoter, recevoir tous les quinze jours. Ils eurent
l'Empereur du Brésil et des diplomates. Peu
nous chault.

Or, écoutez. Environ un an après ce mariage,
M. X*** alla chez son armurier, acheta un revolver, rentra chez lui, s'enferma et se tua. Oh !
sans bruit ; il conserva jusqu'au bout ses habitudes d'homme bien élevé, n'afficha pas ses
désespérances. Mais la femme de chambre

bavarda; on sut que l'abbé Chose avait fait des
difficultés, alléguant que tout homme perforé
d'un trou sanglant à la tempe n'est évidemment
pas mort des suites d'une péritonite. Le docteur
Machin, qui avait constaté le décès, laissa
échapper des onomatopées évasives, telles que:
« Héhé! Humm! » On sut la vérité: X*** s'était
tué. C'était son droit, comme pour les Forge-
rons qui, nous confie Coppée, se mirent tous en
grève; il s'était mis en grève.

Là-dessus, les Uns hochèrent le chef, simu-
lèrent les entendus: « X*** ne laisse pas une
succession très nette; les reports étaient durs,
ces derniers temps. Il tenait à éviter un gros
scandale. Si la Chambre syndicale voulait, on
en apprendrait de belles!... »

Les Autres eurent des phrases apitoyées:
« Pauvre homme! Hein, les mariages mal
assortis tout de même? Mme X*** était trop jolie,
on sait ce que l'on sait, a dit Hamlet! X*** s'en
est tiré galamment; Dieu ait son âme, si tant est
qu'il eut une âme et qu'il y ait un Dieu. »

Les Troisièmes « ne surent que dire! » et eux
seuls trouvèrent la solution juste. En effet, on
payait à bureau ouvert, et Mme X***, n'ayant rien

à se reprocher, fit preuve d'une affliction modé-
rée, convenable. Elle prit le deuil, ferma sa
porte, livra des couronnes de perles, régulière-
ment, au cimetière, s'exalta sur sa douleur, re-
gretta certains jeux coutumiers, lut des livres de
piété, espéra retrouver le défunt dans le sein du
Seigneur, ainsi que son culte le lui promettait.

Elle rentra dans le monde, le tourbillon du
monde, puisque les penseurs aiment à se figu-
rer l'existence moderne animée d'un mouvement giratoire. Vingt-trois ans, pas d'enfant, un
beau douaire légué par le préopinant, et des
avantages naturels qui ne devaient rien à personne. Elle changea la couleur de ses cheveux,
joua la comédie de société, et se connut en musique (Schumann, bien entendu, pour son personnage). A cette époque, des attachés d'ambas-
sade l'ont entreprise ; aux Affaires Étrangères,
il fut discuté de sa plastique.

De nouveau, elle se maria ; cette fois elle fit
choix d'un homme jovial, garanti bon teint de
gaieté, de ceux dont on dit « qu'ils ont beaucoup
vécu ». Même il était Intrépide Quelque Chose
dans les échos d'un journal mondain. Il avait la
réputation de distraire ; excellent placement

pour une veuve. Mme X*** devint Mme Y***. Retour des mêmes cérémonies. Le Maire eut un discours délicatement voilé de tristesse ; à la péroraison, il écarta le voile pour montrer l'Avenir souriant aux jeunes époux, du fond du Foyer.

Mme Y*** vit le Midi, l'Algérie, la Tunisie, l'Égypte et la Palestine ; deuxième mission. Retour à Paris, chambre commune, vie désordonnée, dont on attribue l'invention aux bâtons de chaise ; panoplie d'accessoires de cotillon. Ce ne dura pas longtemps. M. Y*** perdit son précieux talisman de gaieté ; Mme Y*** fit tous ses efforts pour le ragaillardir ; peine perdue. Environ un an après son mariage, M. Y***, sans prévenir personne, alla chez son armurier, acheta un revolver, rentra chez lui, s'enferma et se tua. Préoccupé de la situation que ce nouveau sinistre allait créer à sa veuve, il laissait une lettre d'abdication, par laquelle il rendait pleine justice à Mme Y***, la remerciait des soins qu'elle avait eus pour lui, évoquait le souvenir des joies partagées, — on n'est pas de bois, — et terminait en déclarant qu'en vérité *il ne pouvait dire* pourquoi il s'oblitérait.

L'Abbé Chose refusa nettement son gracieux
concours ; le Dr Machin avança qu'il y avait là
un retour singulier, tout à fait singulier. Les
Uns, les Autres et les Troisièmes partagèrent
cette manière de voir.

On fit queue à l'enterrement (pas de cérémo-
nie à l'église). Au cimetière, l'insistance des
spectateurs devint gênante pour la pauvre bi-
veuve. Dans tous les yeux se dessinait une
question unique, une de ces questions de foule
qui rapprochent les gens et les forcent à frater-
niser : « Allons, voyons, pas de cachotteries !
Soyez gentille, dites-nous POURQUOI ! » On fit
cercle autour d'elle, des condoléances la cer-
nèrent ; on débuta par des périphrases : « Ç'avait
été bien soudain ?... Rien ne donnait à prévoir,
n'est-ce pas ?... Avait-elle pu recueillir ses dernières paroles ? ». Des têtes anxieuses surgis-
saient par les échappées des coudes. « Hein ?
qu'est-ce qu'elle dit ? On entend mal ? Allons,
bon ! voilà qu'elle pleure, on ne saura rien aujourd'hui... Bonsoir, laissez-la à ses larmes. »

On ne sut rien. Mme veuve X*** condamna sa
porte. Pendant trois ans, elle se retira du
monde, se dévoua aux œuvres charitables, porta

des couronnes de perles à un autre cimetière ;
tous les soirs, après lumière soufflée, elle se
posa la même question : « Qu'est-ce qu'ils ont,
ou qu'est-ce que j'ai ? » Puis elle pensa à autre
chose. Au bout du compte, les morts sont morts,
pas vrai ? Alors !

Au bout de trois ans, elle se montra ; on
l'avait oubliée : comme le temps passe, mon
Dieu ! Petit à petit, elle reprit son existence
d'antan. Elle commença par les ventes de bienfaisance, continua par les concerts au bénéfice
d'œuvres ; la nature, toujours prévoyante, l'avait
gratifiée d'une jolie voix, juste ce qu'il en faut
pour la romance de magazine. On la voyait aux
messes solennelles. Elle était dame patron-
nesse d'une quantité de sinécures, quêtait à tout
bout de champ pour des vieillards, des enfants
ou des indigents entre deux âges. Je crois même
qu'elle fonda une œuvre ; pourtant c'est à vérifier.

Elle se déterra une jeune parente pauvre
dont elle eut à surveiller les débuts dans le
monde ; dès lors elle effectua sa réouverture.
N'était-ce pas très naturel ? on se doit aux siens.
Et puis mauve clair sur rose, tout à fait aqua-
relle anglaise.

Au bout de dix mois, Mme Y*** avait reconquis
le droit d'entrée. Elle lâcha successivement les
ventes de charité, les concerts de bienfaisance,
les messes solennelles, les quêtes et la jeune
parente pauvre, qui, du coup, tourna mal ; mais
ne nous égarons pas. Mme Y*** retour de deuil,
eut un certain succès. Même au plus fort des
bostons, elle conserva une allure attristée qui
écartait toute idée de licences dans les coins
sombres. Avec elle, le flirt se couronnait de
cyprès.

Elle n'avait, en somme, que vingt-sept ans ;
les prédécesseurs n'avaient pas eu le temps de la
dégrader ; elle était encore très, très acceptable ;
joignez à cela qu'elle avait de petits talents
accessoires, peignait des fleurs sur des écrans,
tapissait à ravir, interprétait le Grieg lilacé et
commentait fort agréablement les petits derniers
de M. Marcel Prévost.

Oui, mais toujours ce mauve, comme un faire-
part sur une devanture close... Elle ne cacha pas
son intention de faire, *sur de nouveaux frais*,
l'essai de cette aventure, encore qu'une secrète
appréhension l'avertît de se tenir tranquille. On
l'entretenait « pour causer », pas pour autre

chose. Beau parti, sans doute, à cause des sinistres ci-dessus. Mais autour d'elle il régnait cette atmosphère de défiance qui cerne les banques véreuses. Évidemment, elle n'offrait aucune garantie. On se citait ses deux concessions à perpétuité, en deux cimetières différents : par discrétion, elle avait tenu à ne pas mélanger les défunts. Il courait sur elle des légendes de maison hantée. Quand elle entrait, toujours mauve Doucet, le brouhaha s'apaisait, silence. Puis une brise de chuchotements parcourait les groupes. Et les yeux soudain intéressés affichaient la question : « *Pourquoi ?* Dites-le une bonne fois, que l'équivoque finisse ! » Et quelque sadisme funèbre scintillait au creux des regards...

Enfin Mᵐᵉ Y*** trouva son troisième mari ; celui-là, elle le requit simple à souhait, robuste ; bonne digestion, musculature éprouvée, joie de vivre, pas de lecture, pas de dyspepsie inquiétante. Elle l'essaya préalablement, le questionna sur le mal du siècle, sur le dégoût de la vie, le *symbolisme*, le désir de l'au-delà, et toutes ces fadaises qui vous mènent un homme aux dernières extrémités. Elle lui demanda l'énumé-

ration de ses poètes favoris et fut rassurée : Jean
Rameau, E. Manuel, et des succédanés d'iceux.
Rien à craindre des mauvaises influences. En
peinture, les confiseurs, excellents pour la santé
morale, comme on sait. Pour la musique, pas
d'opinion ; les airs qu'on retient. Il gérait ses
terres, signait trimestriellement des quittances.
Il s'accompagnait des chansonnettes au piano,
et savait des monologues honnêtes. Elle parvint
à lui arracher l'aveu d'un vice secret : Armand
Silvestre l'égayait. Dès ce moment, elle fut rassurée, jamais ce garçon-là ne « ferait des sottises ».

Donc, elle le persuada qu'il était passionné-
ment désireux d'elle, et qu'il l'épouserait à toute
force. Il se crut capable de passion, s'entraîna
au sentiment, piocha les spécialistes. Elle fit
mine d'hésiter, de ne céder qu'à la force d'une
impulsion cardiaque, manège prévu sous le nom
« fadaise de fillette qui veut mais n'ose ». On
procéda aux fiançailles : tout allait à merveille.

Mais vous comptez sans l'Ami Intime, que Z***
n'avait pas vu depuis des mois, et qu'il rencontra
par hasard, sur un refuge, et plein de bonnes
intentions. Fût-ce l'ordinaire cordialité, ou le

désir de briller ? Z*** lui dit, comme ça, d'un ton interrogateur : « Tu sais, je me marie. » Est-ce qu'il n'aurait pas dû garder le secret de ses fredaines ! L'autre, afin d'être poli, répondit, comme ça, d'un ton enchanté :

« Ah !... félicitations... faire une fin... et avec qui ?

— Avec une veuve.

— Quelle veuve ? »

Est-ce que ça le regarde ?

« Mme Y***.

— Mme Y***, veuve de Y*** ?

— Oui, la veuve de Y***.

— Je ne me trompe pas : teint mat sur cheveux acajou, toujours en mauve, n'est-ce pas ?

— C'est bien elle. Tu la connais ? »

Un silence ; l'ami intime dessine un sourire amer et regarde au loin, comme si l'Ordre des Choses lui clignait de l'œil. Enfin, il se décide à parler, il fait effort sur lui-même, son rôle d'ami l'exige. Ce n'est pas lui qui hésiterait devant un devoir, surtout s'il est pénible. Il prononce :

« Et tu es au courant de sa vie, tu sais son histoire ? Elle est deux fois veuve.

— Qu'est-ce qu'il y a d'extraordinaire? Elle
m'a tout raconté, elle-même. Son premier mari,
M. X***, s'est tué; son second mari, M. Y***, est
mort de mort violente, il y a trois ans. Le sort
a été très dur envers cette pauvre femme... Mu-
sicienne accomplie, tous les talents, et douce,
et aimante...

— Es-tu bien sûr de ne pas te tromper? deux
maris mourant de la même mort, ce n'est pas
naturel.

— Une pénible coïncidence, voilà tout. Dieu
merci, je ne suis pas superstitieux.

— Pourquoi croire aux coïncidences plutôt
qu'aux superstitions? tu penses que cette femme
doit avoir quelque chose de particulier qui
pousse les maris hors du monde; jamais on n'a
clairement expliqué les deux suicides; elle a
gardé le secret professionnel. A ta place, je ne
prendrais pas la suite. Réfléchis, voyons... »

Pendant une heure, il s'efforça de prouver à
Z*** qu'il allait droit à un sinistre; et il le main-
tenait sous la douche de sa logique à l'aide d'un
bouton solidement pincé entre le pouce et l'index. Il faisait une affaire personnelle de ce mariage.

Z*** se sentit très ébranlé ; *jamais il n'avait
pensé à ça ;* non, jamais il ne lui était venu à
l'esprit que ses deux anciens se fussent tués
pour la même raison, et qu'il pût être amené, à
son tour... Allons donc, il était trop sûr de lui !
Son éducation répondait de sa sagesse ; quand
on est meublé de principes : « Le duel est une
lâcheté, le suicide une plus grande lâcheté ; celui qui se tue manque de courage à supporter
l'adversité, c'est un soldat qui se rend », et
autres comparaisons militaires !

Vraiment, il était entamé. Si on lui avait dit
ça plus tôt, peut-être se fût-il retiré. Mais tous
ces préparatifs ! et le scandale ! et, d'ailleurs, il
l'aimait, n'est-ce pas ? Après tout, c'était sa
destinée, à lui aussi.

Elle avait cédé à regret... hein, oui !... elle
s'était fait prier, longtemps. L'avait-elle assez
interrogé ! sur ses goûts, sa vie antérieure, son
tempérament, et tant de sujets divers.

Ce fut un bref instant d'inquiétude, une asso-
ciation à peine liée. Il se dépêcha de songer à
autre chose, à quelque chose de gai, par exemple. Tra la la, la la la. Mais, tout de même, c'é-
tait pris. Il quitta soudain l'Ami Intime, ne l'in-

vita pas à son mariage, par représailles du re-
gard de pitié dont il suivait sa retraite. Il partit brusquement, pas assez vite pour échapper
au sourire navré ; en outre, l'Ami Intime le gratifia d'une poignée de main de condoléance.

Z'** arriva vite à faire diversion. Il n'y pensa
plus ; mais à son insu cela se pensait au fin fond
de ses circonvolutions. Il se maria. Que de
monde ! et tous munis de curiosité, et la continuelle condoléance dans les poignées de main.
A l'église, durant l'élévation, Z*** résuma : « Ils
sont venus, au complet, pour voir si je suis solide et si je résisterai... Tiens, comme elle prie !
Pourquoi prie-t-elle si fort ? Elle doit avoir une
certaine habitude de ce sacrement. » Le mot :
habitude lui bourdonna quelque temps dans l'esprit; habitude... une, deux... et trois. La journée lui parut longue, il fit tous ses efforts pour
ne pas songer à *ça*. Bonne constitution, des
muscles, pas d'hérédité inquiétante, pas de sou-
cis ? Alors, quoi ?

Ils supprimèrent le voyage et les visites. Ils
eurent une vie très régulière et s'occupèrent de
fonder leur foyer. Les premiers jours, Z*** subit
un sentiment d'appréhension. Et bien ! sa femme

n'avait *rien* d'extraordinaire; elle était comme
les autres, une bonne moyenne d'aspirations
mais pas d'excès. Maintenant, peut-être cachait-
elle son jeu; il est si difficile de savoir à quoi
s'en tenir !

Mme Z*** ne devinait pas la curiosité de son
mari; pouvait-elle prévoir que l'inquiétude le
prendrait aussi, celui-là? Z*** fut, pour ainsi
dire, déçu; voyons, il devait y avoir quelque
chose, pour sûr. L'inconnu effraie un peu; il
n'osait pas demander à sa femme : « Indiquez-
moi donc ce que vous avez d'étrange; je n'aperçois pas. » Mme Z*** commença de s'émouvoir;
elle connaissait ces symptômes. Elle s'efforça
de détourner son mari de cette fâcheuse route.
On alla dans les théâtres, puis au café-concert.
Faut se distraire, que diable ! secouons ça...

Et puis après? ça vous avance bien ? Z*** gardait au front un pli de réflexion insolite. *Ça* che-
minait dans les lobes; voici qu'il se déclara
chez ce robuste garçon une activité cérébrale
inattendue.

Pour la première fois de sa vie, il lia deux
pensées, rapprocha des faits, se fixa des expériences, conquit presque des lois; jusqu'ici, il

avait vécu loin des gens de méditation ; il les
regardait faire, avec un peu de dédain, et les
humiliait en leur montrant l'évidence de ses bi-
ceps. Maintenant, il aiguillait dans leur direction ; comment en un or vil le plomb pur s'était-
il changé !

Deux faits suffisent-ils pour établir une loi ?
Soit A et B, différents, mais placés dans les
mêmes conditions ; s'ils effectuent le même acte,
c'est qu'il y a nécessité. A moins que la coïncidence... mais cela n'explique rien. A cette époque, on croit qu'il entrevit confusément la loi
du déterminisme universel. Il eut le tort de se
restreindre au cas qui l'intéressait, tant l'inquié
tude le talonnait ; il était pressé d'arriver au
plus tôt au dénouement, son temps lui était me-
suré.

Déjà il admettait que Mme Z*** ne fût pas la
cause principale des deux événements déplorables. Décidément non, elle ne possédait aucune tare, physique ou morale, et d'ailleurs les
défunts lui avaient laissé d'excellents certifi-
cats. Alors, il chercha désormais dans l'existence des prédécesseurs. Abîme de perplexité,
précipice de doute ; les deux inculpés différaient

de caractère, de tempérament et de conduite. L'un était à droite, l'autre à gauche ; au cours de ces recherches, Z*** reconnut qu'il se trouvait juste entre les deux, ni trop gai, ni trop grave, même ni gai ni grave. Pourquoi cette fin qui leur supposait un mobile identique ?

Il s'abandonna, eut un moment de faiblesse ; il manqua de tact et se décida enfin à questionner sa femme. Il choisit la nuit, pour éviter tout embarras de contenance ; la nuit, on ne se voit pas rougir : avoir l'air bête, dans l'ombre, est indifférent. Il usa donc sa réserve de circonlocutions pour amener l'entretien sur ce sujet. Mme Z*** l'arrêta net par une fin de non recevoir. Le lendemain, il recommença ; cette fois, elle dut abandonner quelques indiscrétions. Dès lors, ce furent, toutes les nuits, de minutieux interrogatoires sur les faits et gestes des *autres*.

« Et que vous importe ? Les morts sont morts...

— Sans doute, vous avez raison, mais c'est pour savoir... pour savoir, voilà tout. »

Un soir, impatientée, elle lui dit :

« D'où vous vient cette inquiétude ? »

Allons, bon, encore un mot malheureux !..
Pourquoi a-t-elle dit ça ?

Lui, se fâcha ; *de quoi* serait-il inquiet? quelle
inquiétude ? Comment supposait-elle qu'il fû'
inquiet ?

Il découvrit, à la suite de cet incident, qu'er
effet il était inquiet. Ce n'était pas par simple
curiosité, comme il se l'affirmait, qu'il avai'
mené l'enquête. Un instinct de conservation l;
lui avait suggérée ; le démon de la perversit'
l'avait encouragé ! Le sort des deux maris précédents lui paraît... tiens ! *précédent !* créer ur
précédent... il y avait des précédents. Songeon:
à autre chose.

Impossible, il faut qu'il y revienne, quan'
même. Il ne cesse d'importuner sa femme.

Pourquoi les autres ont-ils fait ça? Rien dan:
leur vie intime, rien dans leur vie publique n'
les y autorisait. Z*** s'attacha particulièremen
à scruter le passé de X***, le premier ; celui-l;
seul importait, car, en se tuant, il avait créé un'
habitude, une coutume, que Y*** avait suivie
peut-être malgré lui. X*** avait créé le *précédent.*

Z*** comprenait qu'il aurait le repos seule-

ment quand il aurait élucidé ce point. Les derniers mois annonçaient une préoccupation évi-
dente. Or, à cette époque, les affaires étaient
plus florissantes que jamais (gardons les inconnues de ce problème, pour la commodité de la
démonstration). Mme X*** avouait n'avoir pas
eu de souvenirs plus agréables ; il paraît néanmoins que X*** s'assombrissait de jour en jour :
maladie d'estomac, hein ? Non, santé superbe.
Il se promenait à grands pas, durant des nuits,
arpentant des kilomètres d'amères réflexions sur
l'implacable diagramme du point de Hongrie.
Interrogé à plusieurs reprises, il répondit qu'il
ne... savait pas... pouvait pas expliquer.

Il l'avait répété dans son ultime mandement,
il ne « pouvait pas dire pourquoi ». Donc, Z***
élargit le champ de ses recherches et scruta en
dehors de la vie. A coup sûr, X*** n'avait pas agi
librement ; car la liberté de X*** eût commandé
la liberté de Y*** Il ne s'était pas tué, en dilet-
tante, pour le plaisir, mais parce qu'il le *fallait* ;
il avait obéi, à contre-cœur, à une force qui le
tirait hors de la vie ; il avait obéi pour avoir la
paix.

A la suite de cette découverte, Z*** ressentit

une certaine allégresse, redevint joyeux, et mena
sa femme en partie fine. De temps à autre, i
avait des gaietés soudaines, inspirées par la
presque certitude ; ça se dessinait.

Mᵐᵉ Z*** renonçait à comprendre ; elle avai
pris ombrage de la subite tristesse ; la joie
inattendue la rassura : tout compte fait, au bout
de dix mois de mariage, aucun incident sérieux
ne troublait son bonheur. Son mari n'affectait
pas comme les autres des attitudes navrées.
Tout au plus, un peu de préoccupation ; il devait
lui ménager une surprise, un cadeau, au jour de
l'anniversaire. Elle pensa : « Enfin, celui-là
tiendra ! »

Et Z*** était de plus en plus joyeux : « Je
touche au but : hourrah pour la certitude ! Il y a
une loi supérieure, qui règle les unions. Ma
chère épouse a transgressé cette loi ; par conséquent, lorsque X*** s'est tué, il remettait simplement les choses dans l'ordre naturel. X*** n'était
pas libre, Y*** non plus et... *moi non plus*, je ne
suis pas libre. D'où il résulte que je dois, à mon
tour... » Ici, Z*** fit une pause, regarda circulai-
rement le bonheur qui l'entourait, et soupira un
point d'orgue de regrets. Il se reprit vite : « Tant

pis, il le faut. Je ne me trompe pas aux symptômes : même marche de long en large sur ce
parquet : pauvre petite, elle ignore ces choses ;
les lui révéler ? lui expliquer son erreur ? à quoi
bon troubler sa vie, et susciter des cris, des
larmes, des prières, et puisque, en fin de compte,
il faut que force reste à la Loi ? Taisons-nous,
comme les autres. »

Et Z*** continua de ressentir l'allégresse du
roseau qui se sait pensant. L'inquiétude avait
cessé de le poursuivre, dès qu'il s'était soumis.
Une ample sérénité l'élevait au-dessus des vaines
récriminations, des tristesses mesquines ; il se
jugeait fier d'avoir compris l'ordre de l'univers,
et d'avoir fait acte de volonté et de liberté, en
s'y conformant. Il se regardait comme un
exemple curieux, un cas intéressant ; il tirerait
parti de son extraordinaire lucidité pour l'instruction de ses concitoyens. Il leur enseignerait
à ne se point hâter, à consulter mieux que leurs
intérêts passionnels. Tout au plus demanda-t-il
un court répit à la nécessité.

Il redoubla d'attentions pour sa femme, se
plia à tous ses caprices, en vint, à force de sacri-
fices, à l'aimer vraiment. Il fit preuve d'excel-

lente éducation en évitant les phrases d'un romantique mauvais goût; jamais il ne lui arriva
de dire d'un ton contenu : « Qui sait ? Nous
sommes si peu de chose... le moindre vent qui
d'aventure... » ou : « Tel qui rit vendredi... » ou :
« Si je venais à te quitter, que penserais-tu ? » Il
était bien trop délicat.

Et quand le délai fut écoulé, il accepta, sans
résistance; il le fallait. Donc, il alla tout naturellement, et sans affecter des airs mystérieux,
chez son armurier ; il acheta un revolver qui
n'eût encore jamais servi, le fit charger devant
lui ; il rentra, fut dans sa chambre, laissa le clef
en dehors pour montrer qu'il ne se défiait pas.
Il écrivit :

« Ma chère amie,

» Je viens de vous causer un grave chagrin :
vous avez tout à l'heure constaté que je m'étais
tué. Il serait trop long de vous expliquer pourquoi, et je ne présenterais aucune raison va-
lable à vos yeux. X*** et Y*** durent passer par
les mêmes états d'âme. Je ne les plains pas, s'ils
ont agi, comme moi, sans révolte. Ils eurent le

tort, pourtant, de ne pas vous léguer quelques
conseils. Ils vous auraient évité l'actuel chagrin.
Permettez que je répare leur oubli, et suivez
l'avis que je vous donne; vous ne deviez pas vous
marier une première fois, ma chère amie; votre
union n'entrait pas dans les vues de ce que nous
nommons communément : la Providence. Pro-
longée au delà du délai d'essai, elle eût amené
des catastrophes; la sage Providence remit les
choses en place et vous enleva votre premier
mari. Vous n'avez pas compris l'avertissement,
vous avez convolé. Votre second mari vous fut
confisqué. Avec l'obstination particulière au
caractère des brunes, vous avez suivi votre
idée; vous m'avez choisi; je ne me plains pas :
grâce à vous je fus très heureux et j'atteste ici
que je n'ai que des remerciements à vous adresser; j'éprouve quelque peine à abandonner l'existence que vous m'aviez capitonnée de soins et
de caresses. Une volonté supérieure (je suis
fier de l'avoir entrevue) m'entraîne loin de vous.
Croyez-moi, l'expérience est concluante, ne vous
mariez plus; instrument inconscient, vous avez
suivi les décrets de la Force des choses. Aujourd'hui que vous êtes prévenue, si vous persis-

tiez, vous deviendriez complice, que dis-je, responsable du décès à échoir... Encore une fois,
je vous quitte à regret, *Titus Berenicen*... ne me
blâmez donc pas ; voyagez, instruisez-vous ;
d'ailleurs, vous avez maintenant assez de souvenirs pour occuper le reste de vos jours ; pensez
un peu à moi, sans colère. Je suis bien qui finis
bien.

» Veuillez accepter, ma chère femme, avec
l'expression de ma reconnaissance, l'éternelle
assurance de mes meilleurs sentiments.

» Votre dévoué,

» Feu Z*** »

Il relut attentivement, corrigea un participe
égaré; puis, ayant choisi sa place de manière à
causer le moins de dégâts tout en conservant une
posture élégante, il se tira un coup de révolver
dans la tempe.

La mort vint instantanément, à ce qu'affir-
mèrent les journaux de l'époque. Qu'est-ce qu'ils
en savaient?

... Donc, les trois maris de Mme Z*** furent
suicides.

HABITS DU COMTE DE PEYRAUD

Le mort saisit le vif.

A René Doumic.

Tant de choses passent et sont oubliées, que l'on ne saurait fixer, tant de gestes trop vite achevés. Regrets du sourire de Cléopâtre et du pas de Salomé ; regrets des corps ignorés des statuaires ; regrets des joies dont l'essence même est d'être regrettées.

Or, dites, qui se souvient des habits du comte de Peyraud ?

Le comte de Peyraud était le plus accompli des gentilshommes ; le cordon de son monocle, large de $0^m,057$, a servi d'étalon à tous les cor-

dons de monocle durant environ trente ans.
C'est le comte qui inventa les cravates de
peluche nouées à la Gordien, les gilets qui por-
tent son nom, les gants d'hiver à deux doigts,
les vestons à basque, trois cantatrices, deux
danseuses, une demi-douzaine de littérateurs et
la mode de baiser le poignet aux dames. On
disait de lui qu'il poussait l'élégance jusqu'à
faire blanchir ses cheveux à Londres.

Tout cela lui coûta bon : la santé d'abord, la
considération de sa famille ensuite, et surtout
une quantité de millions. Mais il avait acquis en
échange une indiscutable autorité en matière
d'élégance, et s'il s'était mis à marcher sur les
mains, il y a gros à parier que deux mille jeunes
gens l'eussent imité sur-le-champ. Le comte
aimait répéter : « Quatre penseurs exercèrent
une influence sur les masses : Jésus-Christ,
Napoléon, Wagner et Moi. »

Il faut bien faire une fin. Le comte de Peyraud
se résigna à mourir. Quand il vit qu'il brûlait
sa bobèche, il s'inquiéta pour ce qu'il ne possédait pas d'héritiers, directs ou indirects; pas
même la parente pauvre que les plus pauvres
trouvent à leur chevet. Le notaire avait été mandé;

M. de Peyraud tenait trop à sa réputation de courtoisie pour déranger les gens en pure perte. Léguer sa fortune à l'Etat ? Non, le comte était trop sincèrement réactionnaire. Enrichir des communautés religieuses ou des institutions charitables ? Pour qui le prenez-vous ? Il aurait eu l'air de redouter l'Au-delà.

Il appela ses domestiques et lorsqu'ils furent rangés autour de son lit, il leur tint, avec la franchise excessive des mourants qui abusent de leurs avantages, le menu discours que voici : « Messieurs, j'ai résolu de vous léguer mes biens meubles et immeubles. Ne vous réjouissez pas outre mesure ; c'est, tout compte réglé, peu de chose. Des hypothèques grèvent mes terres pour leur valeur, mes titres de rente sont Dieu sait en quelles mains ! et l'hôtel des comtes de Peyraud appartient à des créanciers qui ont souci des souvenirs historiques et vous éviteront la peine de l'entretenir. En somme, vous n'héritez que de quelques milliers de francs ; toutefois, votre sort ne m'apitoie pas.

» Vous êtes tous de vieux serviteurs, intelligents, adroits, actifs. Je parierais mes dernières minutes de vie contre un gin-sling que vous

avez dû vous assurer une honnête aisance par
des moyens dont votre conscience souffrait. Je
n'ai pas le courage de vous blâmer; au contraire, je regrette que vous ne m'ayez pas pris
plus encore; il est si doux de faire des heureux !

» Je vous lègue premièrement ce que vous
m'avez... mis de côté. En second lieu, je vous
lègue les sommes à valoir une fois toutes dettes
payées. Je désire que le produit de la vente de
mon mobilier vous soit partagé. Mᵉ Bénévent
va prendre vos noms et qualités, il présidera à
la répartition.

» Enfin, je vous lègue la chose la plus précieuse, la grande pensée de mon existence,
l'héritage unique auquel mes créanciers ne
pourront attenter : MES VÊTEMENTS. Je ne veux
pas qu'ils soient dispersés au hasard de l'encan,
je ne veux pas mourir tout entier. Vous, qui avez
été les témoins, vous conserverez ma tradition ;
je vous enjoins de porter mes habits ; qu'ils vous
soient légers ! Je vous défends de les vendre ;
cette clause sera stipulée dans le testament.
Maintenant, j'ai dit. »

Le lendemain, le comte de Peyraud mourut
discrètement, en homme du monde, à l'anglaise.

* *
*

Le partage de la fortune n'amena aucune
difficulté. Tous frais soldés il resta une tren-
taine de mille francs que se partagèrent le cocher, le palefrenier, le valet de chambre, le
cuisinier, le maître d'hôtel et le groom. Pour la
première fois, ces humbles citoyens goûtèrent
l'ineffable joie d'être appelés par leur nom de
famille. Ils souhaitaient finir paisibles, sans
nulle ambition de bruit et de lutte ; ils avaient
vu vivre les autres, et gardaient une lassitude
personnelle des plaisirs auxquels ils avaient
assisté. Chacun avait son rêve de petite maison
à la Rousseau et ils avaient hâte de terminer les
règlements de comptes, afin d'aller retrouver
leur première nature de paysans.

Restait la question des vêtements. On prit
jour ; les scellés qui défendaient les portes des
chambres où la garde-robe du défunt était enfer-
mée furent rompus ; un sextuple cri d'admiration
fusa vers le ciel.

Dans la première chambre, rangé en les
flancs des larges tiroirs de chêne, reposait le
linge de corps, soie, crêpe et batiste; deux cents
caleçons à fleurs, à ramages, à raies, à personnages; les mille chemises à cols variés suivant
les états d'âme, plissées, unies, brodées blanches ou versicolores, les mouchoirs nombreux
comme les étoiles du ciel, les chaussettes que
le Juif-Errant ne fût parvenu à user; les ma-
dras de nuit, et les gilets blancs de tous les
blancs imaginables.

Dans la seconde chambre, derrière les glaces
sans tain des armoires, pendaient les redingotes et les pardessus; des girondines à mante-
let et large poignet, des directoires tombant jusqu'au talon, des troisième République très
courtes, des empire à jupe, des jaquettes forme
hanneton, des vestons dits : rase-taille, des
smocking-jacket, des paletots-sacs, des houppe-
landes, des talmas, des gâteuses, des mac-far-
lanes, des twines, une prodigieuse variété de
coupes et de couleurs en gamme, du noir mat
au marron et au gris bleuté.

Dans la troisième chambre, les dix-huit habits de soirée; puis les gilets et les pantalons,

ces derniers raidis par les extenseurs accusaient
le pli tant apprécié des connaisseurs. Une vitrine
spéciale préservait de la poussière cinq exem-
plaires du célèbre « croisé Peyraud », pantalon
taillé dans une cheviote à filets violacés sur
fond Pompéi, que le comte avait travaillé plusieurs années. Puis la foule des pantalons à carreaux, nankin, gris, fantaisie, les gilets à cœur,
en V, fermés, entr'ouverts, velours, soie, etc.

Dans la quatrième chambre, les 365 chapeaux; tant de chapeaux pour un homme qui
avait si peu de tête ! Les hauts-soie où l'on se
fût miré, les tubes-feutre pour le théâtre, les
claques à côtes, les ronds ovoïdes, lenticulaires,
rhomboïdaux, ou en révolution de courbes cal-
culées par des mathématiciens; les mous pour
les voyages, et ceux que l'on met dans la poche,
et ceux que l'on plie à l'entrée des casinos.

Dans la cinquième chambre, les bottines rangées non dans une bibliothèque comme celles
de l'inepte Casal, mais sur une série de 400 con-
soles appliquées au mur. De légers voiles de
lustrine les recouvraient; des formes de bois
maintenaient leurs contours et les gonflaient
ainsi que des pieds. Le cuir fauve disait les

excursions balnéaires, les semelles de caout-
chouc décrivaient la côte de Trouville à Etretat,
le veau verni évoquait les triomphes mondains,
les bottes rappelaient les chevauchées et les
concours hippiques. La biographie du comte
était là. La dernière chambre recélait les cravates divisées en dix catégories, les pochets, les
cannes, les foulards, les gants et autres com-
pléments.

Les six héritiers parcouraient ces richesses
qui leur semblaient nouvelles, parce qu'elles
leur appartenaient ; de même les barbares durent
parcourir Rome. Le valet de chambre expliquait
la signification des lettres placées au bas de
chaque vitrine. « Monsieur faisait au moins six
toilettes par jour ; avant de commencer, il con-
sultait la température, les événements du jour,
sa disposition d'esprit, sa santé et l'emploi du
temps. Je suppose une température moyenne,
une crise ministérielle, un peu de mélancolie,
une légère attaque de dyspepsie et des visites
ennuyeuses ; Monsieur me remettait une équa-
tion ainsi calculée :

$$\left(\frac{Temp.\ M.}{Crise\ M.}+\frac{Mél.}{Dys.}\right)\times Vis.=\left[\left(\frac{D}{d}\right)b.\ v.\right]\times\frac{G.B.}{g.g.}\times Cr.\ S.$$

» Ce qui voulait dire : un costume D (sévère
sans tristesse accentuée), pantalon assorti,
bottes vernies, le tout attiédi d'un gilet blanc et
de gants gris, et complété d'une cravate sombre.

— Il était rien farce, le singe ! » Cette plaisanterie du groom fut jugée déplacée; la solen-
nité du sanctuaire l'improuvait. Tous se sen-
taient impressionnés, l'Idée planait au-dessus
d'eux. Les vitrines les rendaient respectueux ;
les étuis de maroquin, les trousses et les voiles
réveillaient en eux le sens du mystère ; ils parlaient à voix basse et marchaient sur la pointe
des pieds, respectant le sommeil des couvre-
chefs, la méditation des redingotes, le farniente
des chemises et l'hiératisme des paires de
bottines.

* *

Ils divisèrent les habits et le linge en six par-
ties égales, ainsi que l'avait spécifié la volonté
du testateur; toutefois, le notaire permit quelques échanges, qui furent effectués séance
tenante : le cocher à la trop grosse tête troqua
sa part de chapeaux contre la part de bottines

du groom qui regardait les bottines du feu
comte comme Moïse dut considérer la Terre
Promise, avec l'incurable regret de n'y pou-
voir pénétrer. Le maître d'hôtel s'attacha aux
habits de soirée et céda sa part de paletots;
puis on se sépara, sans souci de se retrouver
dans l'avenir.

En vérité, ces domestiques libérés se prépa-
raient à terminer heureusement leur existence
de travail et de larcin. *Mais les habits avaient
décidé autrement ;* comprenez-vous, *ils ne voulaient pas quitter le boulevard.*

Longtemps Sam Dupont, le valet de chambre,
artificialisé Anglais, avait hésité à revêtir le
complet banane-mûre que le feu comte mettait,
dès les premiers appels du printemps. Une peur
superstitieuse le retenait, ou le pressentiment,
sans doute ; puis la tentation fut trop forte. Sam
élabora une tenue *jour-de-soleil* en harmonie
avec le renouveau ; le complet banane l'étreignit,
colla comme une fatalité ; un pardessus de couleur claire encadra le complet : et le hasard
amena un chapeau rond assorti, tout prêt
brossé.

Alors Sam ressentit une étrange, insolite im-

pression ; une conscience vague de dignité et de
dédain supérieur le pénétrait ; il détendait nettement les pointes vernies de ses pieds, miroirs
convexes où il vérifiait à chaque pas l'ensemble
de sa tenue ; et son allure, jusque-là de larbin
correct, se modifiait en une allure de souple et
hautaine nonchalance. Dehors il aperçut pour
la première fois qu'il n'avait pas de gants blancs,
et souffrit la honte d'Adam nu. Il acheta six
paires de *white gloves*.

Vingt mètres plus loin, une gêne intolérable
crispa son œil droit ; assurément il distinguait
mal l'ambiance. En outre, quelque chose manquait à l'équilibre de son chapeau. Sam entra
chez un opticien et se choisit un monocle et un
ruban de 0ᵐ,057. Tout rentra dans l'ordre.

Sam, Dupont avait coutume de boire son ma-
dère, avenue Victor Hugo, en compagnie de
palefreniers jovials ; les habits nouveaux qu'il
inaugurait l'entraînèrent malgré lui devant la
porte d'une Exposition de peinture ; il essaya
de résister. Résiste-t-on à l'obstination des
choses ? Il céda bientôt à l'obligation de se
mêler aux visiteurs, descendus de voitures lui-
santes. Les tableaux l'indifféraient ; pourtant il

demeura une heure dans la petite salle, à regarder d'horribles divertissements d'amateurs. Il
n'aurait pas pu s'en aller ; les habits « voulaient »
rester.

Les habits entraînèrent Sam dans un grand
restaurant où, toujours malgré lui, ils lui firent
commander un menu de dyspeptique. Au des-
sert, Sam fuma un cigare à bague, un cigare
très cher, à croire que la bague était une vraie
bague. Sam gémit de laisser un pourboire trop
princier sur le chiffre de l'addition.

Dominé par son habillement, Sam Dupont
rentra chez lui, passa le meilleur frac de son
héritage, et fut assister à la première d'une
pièce traduite de l'étranger ; il calculait :
« 2 francs de voiture, 50 centimes de programme, 20 francs de stalle, 1 franc d'ouvreuse,
50 c. de lorgnette ; total 24 francs pour trois
heures ; de l'ennui à 8 francs l'heure, c'est
payé. » Là se bornèrent ses observations ; il
savait désormais qu'une force supérieure le gui-
dait, contre laquelle il ne lui était pas permis
de s'insurger. La soirée s'acheva dans un restaurant de nuit et enfin dans une chambre qui
n'était pas la chambre de Sam, mais bien celle

d'une dame, prétendue Russe ; cette Slave avait promis beaucoup d'étonnement en échange d'un préalable cautionnement de cinq louis ; au matin levant, comme Sam s'en retournait à Sam-House, il conclut que le plus fort de ses étonnements était de se retrouver à dix heures du matin, en frac et pelisse, dans les rues de Paris.

Ainsi, les habits lui avaient imposé déjà l'attirail de scepticisme superficiel et blasé, que le viveur doit acquérir et entretenir. Quand il fut couché, l'ancien domestique recouvra soudain son bon sens : « Que diable ai-je été faire au théâtre et au restaurant ? cet après-midi, pour sûr, je partirai pour l'Auvergne, mon pays natal. » Mais l'après-midi Sam revêtit le complet noix-de-coco, et ses résolutions disparurent ; car le complet noix-de-coco ne « voulait » pas non plus quitter Paris.

A partir de ce moment, les journées se succédèrent pareilles ; Sam ne luttait pas ; les hommes frustes comprennent que nulle volonté individuelle ne prévaut contre les volontés mystérieuses qui nous gouvernent. Il céda aux ordres de ses vêtements ; et d'ailleurs n'était-il pas accoutumé à l'obéissance ? Ses vêtements le

promenèrent dans les divers endroits de plaisirs,
aux courses, au théâtre, aux redoutes, aux concerts, aux inaugurations de tout ce qu'on peut
imaginer, aux vélodromes, même aux réceptions de l'Académie. Il avait cet air souffrant,
mélancolique et loyal que l'on voit aux messieurs des gravures de mode, et chacun s'en-
quérait de l'état civil de ce gentleman si mer-
veilleusement habillé, que nul ne connaissait :
« Qui est-ce, disait-on ? Depuis le feu comte de
Peyraud, personne n'a su porter le costume
moderne avec autant de distinction. » On apprit
son nom, on lui attribua une position sociale
élevée ; il lia connaissance avec des citoyens qui
s'honoraient de noms étrangers, brésiliens ou
roumains ; ils avaient tous des mains fines que
mettait en valeur le maniement des cartes, des
manières exquises, et une érudition universelle.
Ils présentèrent leur ami dans des cercles fermés (quelquefois par la police). M. Sam Dewpon,
esquire, n'était pas initié au jeu de poker ; en
trois séances, il le posséda comme père et mère.
A ce jeu, il perdit non seulement tout empire
sur ses passions, mais encore des sommes importantes, ce qui est plus grave. Un autre eût

restreint ses dépenses ; Sam n'y parvint pas. D'un autre côté, il avait été présenté à nombre de jeunes femmes dont il entretenait l'amitié par de petits cadeaux coûteux.

L'épargne des jours de labeur disparut, échangée contre des bijoux, des additions, des jetons, et d'éphémères instants de plaisir ; disparurent aussi les cinq mille francs de l'héritage. Sam fut mis en rapport avec des vieillards qui prêtaient à la petite semaine, puis avec d'autres vieillards qui prêtaient à la petite minute. Trois mois suffirent à liquider la fortune de l'honnête serviteur, tant la vie est chère à Paris ! Sam accueillit sans surprise le jour, du reste prévu, où il resta seul avec son dernier louis.

Certains originaux ont trouvé, paraît-il, le moyen de vivre d'expédients ; l'héritier du comte de Peyraud reprit leurs travaux. Mais s'il avait été habile autrefois, son ancienne adresse ne lui était plus d'aucune utilité, maintenant qu'il était *bourgeois*. Les habits vengeaient le feu patron. Sam savait « gratter », il ne savait pas « taper ». Les Roumains s'étaient retirés de lui, les Brésiliens ne le saluaient plus. On déclara « qu'après tout, on ignorait d'où il venait, qui il était... »

Vinrent les jours de noire misère; les habits étaient toujours superbes; la pluie, le soleil, la poussière, la boue n'étaient pas parvenus à leur ôter leur brillant et leur « neuf ». Les coutures ne blanchissaient pas en vieillissant, les boutons restaient à leur poste. Mais Sam se voyait sans ressources. Les meubles étaient retournés chez le tapissier; il n'avait plus rien à vendre, que ses habits dont les fripiers ne voulaient pas, prétendant qu'ils étaient trop beaux, trop chics et que leur actuel propriétaire avait dû les voler.

Sam chercha du travail; on l'accueillit avec défiance. Qui aurait consenti à prendre en condition un homme aussi bien habillé? Les négociants, humiliés par son élégance, l'éconduisaient brutalement; les bourgeois le chassaient et vérifiaient l'argenterie après son départ; car on sait que les pickpockets, venus d'Angleterre, se reconnaissent à la correction de leurs manières.

Un matin, Sam rentrait après avoir passé des rafraîchissements dans une soirée; les invités, mal familiers, l'avaient pris pour le maître, et lui avaient présenté leurs civilités, ce dont le véritable amphitryon avait conçu une rancune intense qui se traduisit par une suppression de

pourboire. Sam, rentrant mélancolique, trouva
la porte de son logis fermée; on le mettait de
hors, voilà tout, et l'on gardait sous séquestre
sa garde-robe, nantissement des termes dus.

Sam erra encore une ou deux semaines à travers Paris, demanda la charité et ne l'obtint pas,
parce que les passants le prenaient pour un
farceur; il n'est pas naturel qu'un monsieur en
habit se plaigne de la faim. Il coucha dans des
bouges et mangea des *arlequins*, qui sont les
déchets de la desserte des grands restaurants.
Enfin, il échoua, un dernier soir, sous le pont
des Saints-Pères. Il pensait : « Demain, si j'ai
trop faim et si je ne trouve pas de secours, je
me jetterai dans la Seine ; aux désespérés on
recommande de boire pour oublier. » Il s'ar-
rangea dans l'angle d'un pilier de façon à dormir, le dos tourné à la bise. Or, dans ce coin, il
y avait déjà cinq locataires, cinq pauvres gens
qui n'avaient pas eu de veine dans l'existence,
et rêvaient qu'ils en auraient beaucoup à leur
réveil. Ces gens n'étaient pas, apparemment,
des malheureux de profession ; leurs habits, de
coupe irréprochable, ressemblaient aux habits
des gentlemen qui ne couchent pas sous les

ponts; Sam se dit : « Il y a des originaux bien
bizarres; ces hommes cossus se sont offert le
plaisir de dormir en plein air. » Mais le mouvement qu'il fit en s'acagnardant dérangea le
voisin; une litanie de jurons décisifs; Sam dit
tout haut : «Je connais cette voix-là; Monsieur,
dites, est-ce que nous ne nous sommes pas ren-
contrés autre part, chez des amis communs?

— Le diable vous berce! On fait moins de
bruit dans la chambre des malades.

— C'est ça, je reconnais, vous êtes Jim Heit-
ner, le cuisinier! » Et c'était bien Jim, et plus
loin c'était aussi le palefrenier, le maître-d'hôtel,
le groom et le cocher. Pareils aux Rois du
roman de *Candide*, ils racontèrent à Sam leurs
histoires, et par quelle suite d'événements ils en
étaient arrivés à coucher sous le pont des Saints-
Pères. Ils avaient subi, chacun à son tour, l'en-
voûtement des habits; ils avaient passé par les
mêmes restaurants, les mêmes champs de
courses, les mêmes cercles, les mêmes som-
miers; ils avaient connu les mêmes Roumains,
et les mêmes huissiers leur avaient remis les
mêmes papiers timbrés de la part des mêmes
usuriers; ils admirèrent qu'une semblable des-

tinée les eût conduits à perpétuer jusque sous les ponts le renom d'élégance du feu comte de Peyraud.

Peu à peu, néanmoins, ils cessèrent de parler, pris par le sommeil et l'engourdissement. Dormir... Rêver... Mourir, peut-être !...

*
* *

Le lendemain, les mariniers d'une péniche voisine découvrirent les six personnages allongés au pied de l'arche, morts de froid. Ils étaient à peine empoussiérés, rigides et toujours corrects, avec cette raideur funéraire qui est, à l'avis de tous, le suprême du chic anglais.

NOTRE AMI MORGES

ζῆν ὁμολογουμένως.

(Devise des stoïciens.)

Qui souvent se pèse bien se connaît.
(Devise des balances automatiques.)

A Jean Schopfer.

Notre ami Jean Morges, de Lausanne, vient
de mourir subitement à Paris.

Le monde où il fut apprécié surtout pour ses
talents accessoires n'aura perdu qu'un de ses
meilleurs danseurs, un joueur de tennis sans
défaillance. Mais nous qui avions su le connaître,
nous voyons disparaître avec lui le modèle le
plus accompli d'harmonie et de méthode intel-
lectuelles. J'ai peine à penser qu'il soit ainsi
effacé d'entre nous sans laisser d'autre trace

que nos regrets, et que rien ne subsiste après lui de l'œuvre admirable qui fut sa vie. J'ai donc résolu de fixer ici quelques traits essentiels de cette figure; l'entreprise, n'eût-elle que le seul résultat de préciser pour moi-même l'image que j'ai conçue de notre ami, serait encore assez profitable pour mériter d'être tentée. Peut-être Morges n'était-il pas en réalité tel que je vais le décrire; peu m'importe. Guidé par les qualités qu'il possédait, je lui attribuai la somme des qualités que doit comprendre son type en soi, son Image, et dès lors j'ai contemplé, à travers sa personnalité actuelle, l'Être idéal dont il était ici-bas le reflet. J'imputai toujours à mon insuffisance d'interprétation les défauts que je crus lui découvrir et plutôt que de le trouver imparfait en quelque manière, je préférai m'avouer incapable de ne le juger. Aussi, je ne serais nullement affligé si les gens qui l'ont approché ne le reconnaissent pas dans ce portrait. Celui que j'ai voulu dépeindre, ce n'est pas le Morges à tous, le Morges-domaine-commun, mais le Morges de ma fantaisie, mon Morges enfin.

A première vue, Jean réalisait le type du

beau garçon pour femme facile. Il fallait quelque
temps pour discerner son caractère particulier,
résidant surtout en une certaine habitude de
corps. Il me parut grand, fort, assez souple,
avec cette aisance de mouvement qui venait de
son adresse aux divers sports ; la figure, en
vérité fort régulière, manquait peut-être d'expression ; elle plaisait par la parfaite harmonie
des traits, quoiqu'ils ne fussent pas d'une grande
finesse. Une robuste volonté s'accusait dans le
menton, un peu fort, et dans le front serein tombant à pic sur un nez busqué ; les yeux grisâtres
semblaient ternes comme pour laisser tout l'intérêt à la bouche si expressive, aux minces
lèvres d'analyste. Ses cheveux blond-foncé,
semés dru et gros, il les partageait d'une raie
sur le côté. (Pourquoi ne conserva-t-il pas la
coiffure en brosse qui lui seyait?) Comme, en
outre, il se rasait avec minutie la barbe et les
moustaches, le britannisme de cette tête suisse
nous plut infinement. Morges possédait enfin la
copieuse santé dont ses compatriotes font éta-
lage, le teint frais, laiteux, la peau saine d'un
grain épais.

Son allure était solide et décidée, si bien qu'à

le voir marcher seulement on associait l'idée
d'exercices du corps facilement accomplis. Je
dois dire que ses mains nous parurent assez
vulgaires, déformées et nouées par le maniement de la raquette.

Il entretint toujours avec grand soin le précieux corps qui lui avait été confié ; il prit plaisir
à l'orner, à le faire valoir en de somptueux vêtements. La moindre négligence à cet égard
n'eût-elle pas amené une légère déchéance ? Il
s'astreignit donc à une hygiène, savamment rai-
sonnée, dont les prescriptions réservaient avant
tout le libre fonctionnement des organes. Encore
qu'il eût fait sa part à la maladie, il n'entendait
pas que les tristesses physiologiques vinssent
entamer sa quiétude. Même il tint compte des
excès qu'il jugeait nécessaires à certaines
époques. Tous les matins, il se baignait au tub,
sans préjudice de nombreuses et scrupuleuses
ablutions à divers moments de la journée. Il prenait surtout souci de ses dents belles et bien
rangées. — Sa mise suivait la mode, sans ridicule. Le smoking lui allait bien, et la flâneuse
qui corrigeait une vague lourdeur de démarche.
Pour son costume, il recherchait la composition

des teintes paisibles, élaborait des gilets discrets, complétementaires de redingotes réservées. Il triomphait enfin dans le choix de ses cravates, sombres pour l'ordinaire, et nouées en bouffants solennels. Il ne porta ni bijoux ni parfums, ce dont je le louai maintes fois.

Dans le portrait, imparfait sans doute, mais conciencieux que nous entreprenons, un mot se jette sans cesse à la traverse. Quoi que nous fassions pour en éviter la répétition, il s'impose. C'est apparemment qu'il constituerait à lui seul la meilleure synthèse de notre ami.

En effet, chez Jean, l'*harmonie* extérieure témoignait de l'*harmonie* spirituelle. Celle-ci résultait du parfait équilibre d'une intelligence au plus haut degré compréhensive et d'une sensibilité soigneusement domestiquée. L'une de ses facultés ne se trouvait en aucun cas contrariée par l'autre. Morges s'était pour ainsi dire dédoublé, en sorte qu'il jouissait pleinement des choses, mais qu'il savait dominer ses sensations et les analyser, ce qui fut, certes, le plus cher de ses plaisirs.

S'il avait la fierté de ses perfections accessibles, il avait aussi le sentiment de sa supériorité

morale. De bonne heure, il sut reconnaître le
riche domaine qui lui était échu en partage,
et le cultiver comme il seyait. Le roi de Prusse
fit chercher par le monde les plus beaux hommes
et les plus grands afin d'en former une garde
telle que nul autre souverain n'en possédât de
pareille ; de même Jean recruta une garde de
principes choisis dont le chef était le ζῆν
ὁμολογουμένως des stoïciens : vivre harmonieuse-
ment. Donc, avec la défiance du monde extérieur, il proclama la surveillance et l'analyse de
ses états d'âme. Ayant pleine conscience de son
harmonie, il ne souffrit pas qu'elle fût à la merci
des éventualités, et il considéra que les choses
ont seulement l'importance que nous daignons
leur accorder. Principe de noble sérénité intel-
lectuelle. Non qu'il se roidît en un stoïcisme
guindé ; mais, tout en se maintenant identique
à lui-même, il s'efforçait d'être toujours tel que
la situation le demandait. S'il lui survenait
quelque malheur, et s'il en avait une peine suffisante, il se réjouissait de voir ses pensées en
rapport convenable avec les circonstances : delà vient que souvent il ne voulut pas gâter une
belle tristesse par des distractions, voire d'ordre

élevé. Il vivait pour lui-même, comme les autres
vivent pour leurs témoins.

Ainsi, notre ami Morges s'était connu lui-
même, et rapidement il avait conquis la satis-
faction et la dignité de son Moi. Restait à lui
faire acquérir un développement plus considérable ; car il importait qu'il progressât sans cesse
vers une perfection plus absolue. La nécessité
d'un but immédiat s'imposait ; Jean le trouva
bientôt, et cela nous parut précieux, à nous qui
n'avions pas de position assurée. Étant donné
un Moi constaté indéfiniment perfectible, le
seul objectif que puisse se proposer son déten-
teur est la recherche du Bonheur. Mais attachant
aux moyens employés plus de prix qu'à la fin
elle-même, Jean sut trouver le Bonheur dans
cette seule recherche. D'abord il s'occupa de se
développer en lui-même, il fit grand fond sur la
science qui devait le mener à un plus haut degré
de culture, en outre l'aider à approfondir les
choses et le préserver en quelque mesure de la
duperie des apparences. Les sciences philosophiques formèrent le sol de ses connaissances.
Son érudition fut des plus complètes : joignez à
cela qu'il ne s'en référa jamais à aucun résumé,

et qu'il alla droit aux sources, lisant les auteurs dans le texte. Le Liebig des Manuels lui répugnait. S'il me fallait indiquer entre tous les philosophes celui qu'il eût volontiers choisi pour directeur, je désignerais à coup sûr Spinoza. Ce fut à lui qu'il demande maintes fois aide et soutien, parce qu'il le jugeait excellent pour l'orthopédie morale.

Longtemps, les lettres l'occupèrent; mais, quoiqu'il eût assez de sensibilité pour goûter les auteurs qui parlent à l'imagination, il réserva ses préférences pour les intellectualistes déclarés. En vertu de ce mandarinisme poussé jusqu'à l'affectation, il eut un cercle d'admirations très restreint. Renan y tenait la place d'honneur, puis Stendhal, et Barrès; dans les livres de ce dernier, il rechercha mainte et mainte solution personnelle.

Parmi les sensitifs il élut quelques-uns pour leur forme impeccable; mais, en général, il se plaisait aux conceptions indécises qui lui laissaient sa liberté de construction, tout en lui offrant un thème intéressant. Ce fut une des raisons qui l'écartèrent du théâtre; il estimait aussi qu'il faut éviter de s'exposer aux bêtes.

Enfin il se tint en dehors de toute préférence d'école; peut-être n'eut-il qu'une admiration restreinte pour les naturalistes, la brutale sottise du monde ne l'intéressant plus.

Chose unique chez un protestant, Morges eut une éducation artistique très complète. Alors que ses coreligionnaires s'en tiennent généralement aux *Illusions perdues* de Gleyre et aux *Lieder ohne worte* de Mendelssohn, il comprit de bonne heure les œuvres d'un art supérieur.

Il goûtait surtout la subtile ingénuité des primitifs; il me semble que ceux-ci lui ont plu parce qu'ils tendaient au but qu'il avait choisi et que, malgré la route différente, ils y étaient, comme lui, parvenus. En musique la sérénité de Bach, la richesse symphonique de Wagner, lui furent d'énergiques reconstituants en des époques de défaillance.

Il lui prit fantaisie de s'essayer à quelque littérature : il relata diverses expériences sentimentales, en une écriture remarquable de précision et d'élégance. Le souci de l'expression exacte et de la distinction l'entraînèrent à trop de recherche; il amenuisa son style jusqu'à l'étriquer. Certes je mets au-dessus de tout ce qu'il a fait les rapides notations qu'il dépêchait, à la suite d'une découverte intéressant son développement du moment. Il avait ainsi composé une sorte de journal irrégulier, fait de citations opportunes datées de l'époque où il les avait reconnues telles, de courtes réflexions sur son état d'âme, narration d'un rêve curieux, résidu de lectures, phrases entendues et assimilées, et aussi lambeaux d'écriture venus on ne sait d'où, dont la désinvolture le ravissait. Entendez bien qu'il n'agissait point ainsi par devoir, comme font les méthodistes comptables de leur âme, mais par plaisir. Il s'était façonné des plaisirs élevés, cherchant sans cesse de nouveaux motifs d'activité esthétique, et trouvant une délicate jouissance dans la contemplation perpétuelle de cette activité. C'est ainsi qu'il s'appliqua à l'étude du grec et qu'il devint, dans un assez bref délai, un helléniste suffisant. Quelques semaines d'été, durant lesquelles il s'adonna tout entier à cette étude, sont restées longtemps parmi ses meilleurs souvenirs. Alors il prit orgueil du libre et glorieux mécanisme de sa pensée. Le matin, après de fraîches ablutions, il partait, d'un pas pressé, vers la Nationale; arrivé à sa

placé habituelle dans la salle de travail, il s'é-
tayait de dictionnaires, circonscrivait son univers
avec les meilleurs textes d'Aristote ; puis il s'en-
fermait dans l'étude des passages les plus ardus,
retournant en tout sens la théorie de la κίνησις. A
six heures il s'en allait, nonchalamment, vers
les Tuileries où, dans la solitude du jeu de Paume,
baigné des lueurs tendres du couchant, il fumait
des cigarettes en ruminant des concepts. La
solitude s'imposa ; Jean avait remarqué qu'il lui
fallait plusieurs heures de travail avant d'at-
teindre au degré précis d'exaltation où il pouvait
s'envisager d'une manière satisfaisante. Il
parqua donc ses relations en diverses heures de
la journée, hors desquelles il n'entendait pas
être dérangé. Longues méditations où il raffinait
sur ses sentiments favoris et filait la délicate
verrerie de ses pensées. Là, dans la tiède, cor-
diale température de son divan, il dialoguait
avec l'interlocuteur mental qu'il avait institué.
Car cet analyste subtil avait profondément modifié sa personnalité. Je pense que, moralement,
il n'agissait point ainsi que les autres ; l'habitude de s'épier pour prendre ses idées en
flagrant délit, l'avait forcé de se dédoubler. Il

14

s'était donc forgé un personnage psychologique, dénommé Il. Par exemple, il ne se disait pas : « Je vais sortir, » mais : « Après avoir approfondi le déterminisme des circonstances et s'être soumis à la majeure des deux alternatives, Il décida de sortir. » Morges trouvait un rare plaisir à s'extérioriser.

Enfin, ce que j'admirai surtout chez Morges, ce fut la sûreté de sa conduite générale. Jamais il ne mit en doute l'excellence de son point de vue. Nous changions tous de jour en jour et cette perpétuelle modification de nos conceptions, en même temps qu'elle nous flattait par une espérance de progrès, nous désolait en nous faisant constater notre instabilité ; elle nous amenait aussi à mépriser des états antérieurs où nous avions eu jadis beaucoup de joie, d'exaltation et de dédain. Morges changeait peu ; ses modifications, à peine sensibles, étaient seulement le dernier coup d'ébauchoir donné à l'œuvre déjà complète, ce que les anciens nommaient si excellemment le poli *ad unguem*. Du premier coup notre ami s'était engagé dans la voie de perfection, et, par une grâce spéciale, j'imagine, il n'avait pas eu besoin de passer par des état

inférieurs avant d'arriver à la position qu'il occupait. Sans initiation préalable, il avait su systé-
matiser sa vie. Et je pense que nous aurons
l'explication de ce passe-droit divin, lorsque, par
delà la vie, il nous sera permis de consulter,
au chartrier de la providence, le décret nomi-
natif en vertu duquel Jean Morges de Lausanne
fut créé.

Je voudrais indiquer ici quelles ont été nos
relations avec notre ami Morges, comment nous
l'avons apprécié, et comment il nous a mêlés à
sa vie. Je me liai avec lui, sans formalités préa-
lables. Au cours d'une soirée théâtrale donnée
par un cercle d'amateurs, notre commune dé-
tresse nous rapprocha. Doucement, nous tâ-
tâmes le terrain; puis, comme nous nous étions
découvert un égal mépris pour l'auditoire, le
spectacle, les auteurs, et les interprètes, nous
échangeâmes les ironies de circonstance. Deux
choses écartaient tout essai d'amitié avec
Morges : d'abord un air perpétuellement et
même béatement ironique, aggravé par un con-
tinuel ricanement saccadé qui le faisait prendre
pour un sot prétentieux par les gens de première impression; puis une posture d'orgueil

qui eût irrité le plus modeste. Au demeurant,
n'avait-il pas lieu de se montrer fier ? Nous
autres, selon le degré de notre culture, nous
avions qui de la fatuité, qui de la suffisance, qui
de la vanité ; lui seul eut de l'orgueil. Il semblait dire : « Mon Moi me satisfait, présente-
ment je le déclare très confortable, mais vous
n'êtes pas digne que je vous en fasse les honneurs. » Cependant s'il avait reconnu en vous le
signe des élus, il vous ouvrait son intimité, non
tout d'un coup comme ont coutume de faire les
hommes de peu de prix, mais peu à peu, à mesure qu'il découvrait chez son ami des raisons
pour être compris de lui.

Enfin, il l'admettait dans son logis. Demeure
discrète, où tout était disposé de façon à plaire
aux yeux sans distraire des intimes contem-
plations. Et tout ainsi que Jean se plaisait dans
son esprit, confortable et meublé d'idées précieuses, il se plaisait dans son appartement, si
heureusement garni de couleurs éteintes et de
meubles propres à méditer. La pièce où il se
tenait le plus souvent affectait la forme carrée ;
deux fenêtres y donnaient un jour de cour modéré. Le papier de tenture était de teinte douce

en arrangement gris sombre lilacé. Au fond,
un divan encombré de coussins, et dont les ressorts ne criaient point. (Que de fois j'ai combiné
ces coussins en de savantes dispositions!) Une
bibliothèque de livres intimes occupait le tru-
meau, devant la table où Jean travaillait; laté-
ralement une bibliothèque vitrée où dormaient
d'élégantes obscénités dix-huitième siècle. De
l'autre côté, sur la cheminée, un encombrement
d'objets divers, Léda pâmée sous un cygne, tim-
bale bourrée de cigarettes, des cendriers, un mi-
nuscule buste de Wagner polychrome, un monstre
chinois, un bassin de cuivre où des bâtons de
parfum fumaient lentement, des candélabres de
forme fâcheuse (Jean ne connut pas le luxe du
chandelier). Une antique étole, aux ors atténués,
barrait la glace. Çà et là, dans la chambre, des
fauteuils épars, une colonne supportant la lampe,
une servante de chêne cannelé. Aux murs, des
reproductions photographiques : le portrait de
lord Wharton, le Saint-Jean-Baptiste de Vinci;
quelques gravures hollandaises.

Nous eûmes, dès le premier jour, la sensation
de compléter cet ameublement. Morges ne nous
avait pas appelés par vulgaire désir de cœur

comme font d'ordinaire les simples ou les faibles ;
il nous avait choisis parce que chacun de nous
devait lui révéler un côté de lui-même, l'aider à
se découvrir. De nous tous, il avait composé un
ami complet ; grâce à cette collectivité il avait
réalisé le type rêvé par Barrès. « Moi-même,
plus âgé. » Sans doute notre situation put paraître médiocre ; elle ne l'eût été que pour des
sots. N'est-il pas vrai que l'on goûte un plaisir
quasi divin à collaborer à une belle œuvre ?
Puis, choisi entre tous, l'un de nous possédait
donc au plus haut degré la faculté spéciale que
Jean comptait développer avec lui : Nous y trou-
vions aussi un bénéfice plus proche, car en ces
entretiens si spéciaux, nous nous développions
à notre tour ; nous apercevions des directions
d'idées jadis insoupçonnées. Peut-être, à la longue, cette amitié aurait-elle produit de funestes
résultats, nous faisant souhaiter une position
d'âme pour laquelle nous n'étions pas faits. Nous
devons en conséquence remercier Morges
d'être mort à temps ; nous pûmes prendre conscience de son harmonie sans céder à la tentation vaine de le copier. Il nous reste seulement
l'impulsion première, le désir de nous perfec-

tionner, de nous expliquer à nous-mêmes ; il
nous reste aussi le souvenir d'exquises soirées :
direction de conscience esthétique, lectures
élevées, discussions ingénieuses, initiations
musicales ! punch et cigares de premier choix !

La conversation de Morges présentait un
attrait curieux ; il avait des recherches de lan-
gage qui nous amenèrent à respecter ses opinions. Il s'exprimait en un parler concis et for-
mulé auquel de nombreux adverbes de manière
donnaient un caractère singulièrement définitif.
Par exemple, il ne disait point : « Je commence
à comprendre la personnalité d'un tel »; il résu-
mait, disant : « Je l'objective. » Au lieu de dire :
« X. de Y.- Z. n'a pas changé, c'est encore un
niais, » il se bornait à déclarer que X. « per-
sévérait dans l'Être. » En ces entretiens Jean ne
cherchait pas à imposer ses idées ; il nous je-
tait sur quelque sujet, puis prenait plaisir à voir
comme nous le tirions en tous sens. Parfois, il
voulut bien rectifier nos aperçus : il le faisait
moins pour nous que pour lui, se procurait la
délicate jouissance de la protection. Il aimait
alors à considérer la figure que prenaient ses
idées dans l'esprit des autres. Et pour ainsi dire

à notre insu, il nous fit accepter des jugements
que nous nous étonnâmes plus tard de posséder.
Il exerça une salutaire influence sur notre éducation littéraire, nous présenta ses auteurs de
choix; comme nous redoutions et respections
son sens critique, nous tâchions à produire des
choses qui le satisfissent ; il estimait assez certains d'entre nous pour leur dire son jugement
franc, dont nous n'appelâmes jamais ; il était
notre conscience artistique. Cette influence s'é-
tendait sur toutes nos connaissances au point
que nous nous estimions heureux de nous ren-
contrer avec lui pour une admiration. Sachez
qu'il n'avait pas de condamnations brutales ou
pénibles pour notre amour-propre. Il n'affirmait pas comme tel ou tel critique : « Ceci est
absurde ; » mais tout au plus : « Ceci est inutile. »
Et nous rapportions de ces consultations le désir d'une forme supérieure dont nous n'étions
pas capables, le dégoût de notre littérature, le
mépris du succès.

Car notre ami Morges professa l'absolu respect des choses de l'Art et ne comprenait pas
que l'on s'en mêlât sans posséder une érudition
importante. Un adolescent naïf et féru de litté-

rature vint le consulter sur la marche qu'il convenait de suivre pour s'établir écrivain ; Jean lui
dit : « Mon cher ami, je serais presque tenté de
vous admirer ; peu de jeunes gens de votre âge
oseraient entrer dans une carrière où l'on doit
justifier de connaissances aussi diverses. Il va
sans dire que vous avez lu toutes les œuvres
d'imagination ; en outre, les sciences exactes
vous sont familières. Vous possédez assurément
les sciences philosophiques. Vous avez, je n'en
doute pas, médité Descartes, Spencer, Spinoza,
et Kant dans le texte. Vous êtes au courant des
dernières découvertes des évolutionnistes. Dar-
win est à coup sûr votre livre de chevet. Dès
lors, vous pouvez vous essayer dans la littérature
(futile amusement en somme !), puisque vous
avez derrière vous un certain acquit d'études.
S'il en était autrement, je pense que vous n'au-
riez pas pris la peine de me demander mon
avis. » Et il le congédiait avec un sourire affable.

Les éléments de nos réunions variaient peu.
Jean s'éjouissait intimement à se préparer des
symphonies de personnalités et composait ses
réceptions comme on compose un bouquet. Il
aimait celui-ci pour la fantaisie de son hystérie,

l'exagération de sa sensibilité ; celui-là pour la
sûreté de son analyse et la rare habileté avec
laquelle il démontait les œuvres et les hommes ;
ce troisième pour la cordialité de sa foi et la
sérénité de son existence ; cet autre pour sa
carrure philosophique ; cet autre pour ses plai-
santeries faciles péniblement amenées et aussi
pour quelque spontanéité de sensation ; cet
autre enfin pour ce qu'il l'avait peu à peu développé et fait naître à la vie intérieure. Il lui
garda toujours le meilleur de son affection, le
traitant un peu comme un fils tard venu et qui
lui avait coûté de grands soins. Quand il dut
s'en séparer, il continua de le guider de loin ;
par correspondance, il traitait ses états d'âme
et l'affermissait. Il fut ainsi pour notre camarade
Boston, l'ami précieux que les Rois d'autrefois
cherchaient pour leur enfant. — Parfois,
Morges faisait venir de dehors un spécialiste
étranger afin de varier le thème de la soirée, et
le renvoyait ensuite.

Chacun de nous eut part à son affection ; mais
deux furent assez près de son esprit pour qu'il
les jugeât dignes d'être ses témoins intellectuels.
Avec eux, il s'expliquait librement, s'examinait ;

s'il se trouvait déprimé ou atteint dans sa quiétude, il les conviait à rechercher les remèdes.
Quand il s'éloignait il les tenait au courant de
sa position, et les conseillait utilement sur la
leur. Au moment de sa mort il élaborait pour lui
et pour nous un projet d'Hygiène de l'inconscient,
sorte de pharmacie morale portative. Cet ouvrage est resté à l'état de notes.

* *

Nous avons connu le vrai Morges, si du moins
on peut prétendre que l'on connaît un homme,
l'ayant pratiqué à un moment de sa vie. Dans
ce perpétuel devenir nous avons saisi les plus
récentes transformations. Le monde vit un autre
Morges : celui qui accapara les idéaux des jeunes
Américaines de 1888 à 1891. Il s'y présentait
comme M. Jean Morges, étudiant. Afin d'avoir,
pour le siècle, un prétexte à l'existence, il s'ins-
crivit à la Faculté de lettres ; en même temps, il
suivit des cours à l'École du Louvre. La Sor-
bonne le lassa bientôt. Le dogmatisme de ces
professeurs, la fatuité de leurs affirmations et
l'étroitesse de leur point de vue, l'écartèrent de

cette pépinière de petits cuistres. Il jugea bon
toutefois d'être licencié ; dans ce but, il prit coutume d'exprimer à certaines heures des principes scolaires dans un latin prétentieux.
Également il s'occupa d'apprécier la littérature
officielle, si médiocre pourtant, et d'admettre les
idées philosophiques que divers vieillards con-
fiaient aux étudiants pour que ceux ci les leur
rendissent intégralement au jour fixé.

Morges était assidu de quelques salons.
Jamais il ne se laissa deviner par les figurants
ordinaires de la société où il fréquentait ; il s'y
fit néanmoins respecter. Car il avait cette aisance parfaite que seule peut donner l'habitude
d'être grandement content de soi. Il se savait
gré de comprendre des choses qui passaient ses
contemporains ; aussi dédaignait-il de les leur
expliquer, d'abord parce qu'il avait admis
l'inutilité d'un tel effort, et puis parce qu'une
des qualités de son admiration était l'originalité
exclusive. Il me dit un jour : « S... m'a joué
tantôt une symphonie qui me plaît ; elle ne sera
comprise que dans trente ans. C'est exquis. »
Ce dédain mal dissimulé lui attira de solides
haines. Mais il n'en concevait aucune inquiétude.

Il tenait au contraire à comparer les opinions
que l'on affichait à son égard, et à dérouter ses
envieux. Il possédait une excellente éducation
qui lui permettait de prendre l'air de tous les
salons, sans être jamais déplacé. Il ne s'imposait
nulle part, se laissait imposer. Grâce à beaucoup
de tact et de mesure, il mandait à lui les confidences, sans paraître trop renfermé lui-même ;
il s'était fait une façade pour le Monde. Il l'aimait
du reste ; non qu'il se glorifiât outre mesure de
quelques succès de beau danseur. Mais il avait
institué diverses expériences sentimentales,
dont il suivait le cours avec le plus grand
soin.

Il jouait à l'amour comme d'autres jouent aux
échecs, moins pour le but qui lui semblait de
peu de prix que pour les moyens auxquels il
s'amusait grandement. Il voyait là une applica-
tion directe de sa méthode, une sorte d'exercice
pratique ; il était arrivé à posséder une rare
virtuosité en ces passe-temps *et jouait la difficulté*, disant à celle-ci : « Vous m'aimerez,
quoi que vous en ayez ; je m'emparerai de votre
pensée par tel moyen. » Il frappait l'imagination
de l'Élue qui, de se voir prise à parti par ce

champion, concevait un grand orgueil par où elle se perdait.

Un de ses plaisirs encore consistait à confesser les jeunes filles et les petites bourgeoises; il se délectait la vue de ces âmes simples. Il s'insinuait dans leur intimité, se mettait à leur niveau, louait Massenet, Jules Lefebvre et Musset; puis petit à petit, les élevait à lui, leur commentait César Frank et Verlaine; ont-elles jamais compris? Elles entrevoyaient un esprit supérieur à ceux de leur entourage, s'imaginaient de bonne foi qu'elles s'étaient guindées à sa hauteur, puis l'aimaient éperdument parce qu'il les avait exaltées et rendues fières de leur complication. Lui, les écoutait, les dirigeait, maniait en tous sens leurs pauvres sentimentalités, et quand il les avait assez contemplées, il se séparait d'elles avec quelques bonnes paroles. Aux unes, il développait des aspirations irréalisables, et se préparait la comédie de leur désillusion. Aux autres, il développait le sens pratique, se réservant de prochaines jouissances au spectacle des égoïsmes féroces et des perversités qu'il démuselait. Il menait à terme les jolis hystérismes en germe et faisait éclore les névroses encore

indécises. Et cela, sans aucune idée de mal
faire.

Cependant, s'il s'adressait à quelqu'une, d'esprit
au-dessus de la moyenne, il savait la captiver en
lui parlant uniquement de lui-même. Il lui
détaillait son Moi de serre tempérée et lui per-
suadait que lorsqu'il disait : *Je* c'était à peu près
comme s'il eût dit *Nous*. Aussi bien ces expériences si particulières avaient-elles un résultat
évidemment profitable. Elles affermissaient de
jour en jour le crédit de Morges ; il marchait dès
lors cuirassé de sympathies ; on affirmait : « Il a
de l'avenir, il ira loin. » Il n'avait qu'à faire son
choix parmi vingt filles uniques richement
dotées qui eussent accepté avec joie d'être les
commanditaires de son égoïsme...

Notre ami Morges finit bêtement. Au sortir
d'un tennis où il avait déployé trop d'activité, il
gagna une pleurésie qui l'emporta en trois jours.
Ce calculateur incomparable mourut pour avoir
négligé l'élémentaire précaution d'un cache-nez.

COLLOQUE

Un intérieur capitonné à la Bourget ; de récents ébats ont raviné le divan ; des ressorts attardés se détendent et vibrent. Le tapis ondule. — Eux deux sont assis, maintenant, côte à côte ; lui redevenu correct, ennuyé, et méditatif, ELLE alanguie, ruminant les joies précédentes. La conversation s'ébranle peu à peu.

ELLE (*lui passant les bras au col*). — Oh ! je t'aime, je t'aime ! si tu savais !

LUI (*se dégageant*). — Sans doute, sans doute, n'exagérons rien.

ELLE. — Et toi, tu m'aimes aussi ?

LUI. — Comment donc ! — Fermez votre peignoir, s'il vous plaît.

ELLE (*obéissant*). — Et tu n'aimeras que moi, n'est-ce pas ?

15

Lui. —N'ayez pas peur, je connais les usages ; je suis bien élevé.

Elle. — Et puis, vois-tu, si tu cessais de m'aimer... je me tuerais.

Lui (*net*). — Pas de fait-divers, je vous en conjure. (*Regardant par la fenêtre.*) Le temps est couvert, nous aurons de la pluie, ce soir. Fâcheux, fâcheux !

Elle (*triste*). — Comme tu me parles !...

Lui. — Déjà de la désillusion ? Qu'est-ce que je vous ai dit ? J'ai dû ébrécher votre idéal, pour sûr ?

Elle. — Tu te moques de tout. Tiens, tu n'as pas de cœur !

Lui. — Les grands mots, alors. Vous démontez vos panoramas. Pourquoi, mon Dieu, pourquoi ?

Elle. — C'est vrai, aussi, tu es si drôle !

Lui (*amer*). — J'ai la douce gaieté que comportent les circonstances.

Elle. — Serais-tu jaloux ? C'est bien mal de ta part. Tu sais que je n'aime que toi.

Lui. — Assurément, vous êtes mon petit monopole, ma chère propriété exclusive. Il vous siérait mal de profaner les instruments de mon culte.

Elle. — Alors, pourquoi es-tu de mauvaise humeur?

Lui (*se contient, puis éclate*). — Non, mais... là, est ce que vous trouvez joli ce que nous venons de faire?

Elle (*un peu souriante*). — C'était gentil ; quand on s'aime...

Lui. — De grâce, ne crachez pas vos romances. Rappelez-vous les attitudes. (Oh! ces postures!) — Cela ne vous semble pas ridicule?

Elle. — Si on peut dire! Moi, je ne voyais plus rien.

Lui. — Etrange inconséquence. Il faut toujours monter la garde devant ses états d'âme. Vous vous abandonnez trop au moment. Ce que nous venons de faire est vulgaire ; les commis-voyageurs eux-mêmes s'en gaudissent. Et c'est ça que vous appelez de l'Amour ? Allons, Bouguereau vous a trompée ; rien n'est moins gracieux.

Elle. — C'est affaire d'opinion. Si vous étiez plus... plus...

LUI (*amour-propre de mâle, après tout*). — Ai-je été au-dessous de mon rôle?...

ELLE. — Non ! Mais enfin, si vous aviez plus de vocation, vous sauriez trouver des périphrases poétiques afin d'embellir votre désir. Le sage a dit, à peu près : « On n'est pas ironique avec ses passions. »

LUI. — Je vous sais gré de cette citation. Pourtant, reconstituez la scène et convenez que c'est laid à imaginer.

ELLE. — Ingrat, vous regrettez les minutes que nous avons passées.

LUI. — Vous manquez de nuances, mon amie. Il ne faut pas poser ainsi, à tout bout de champ, la question de confiance.

ELLE (*prête à pleurer*). — Hélas ! pour vous montrer combien je vous aime, j'use des moyens que j'ai à ma disposition.

LUI (*radouci*). — Oui... je sais bien... Ç'a été mal organisé. Mais que voulez-vous ? voilà cinq mille ans que cela dure et qu'on se plaint. Il faut en passer par là. Faites attention, cependant, que l'on peut adopter un *modus vivendi* quasi satisfaisant. Seulement il faut y mettre de la bonne volonté de part et d'autre... Si vous ne pouvez me suivre, restons-en là, cultivez votre jardin et qu'il ne soit plus question d'intimité. Vous en serez quitte pour ne plus visiter mes pépinières.

ELLE. — Je ne demande qu'à bien faire.

LUI. — A la bonne heure! Voici : je vous ai choisie entre toutes pour me donner certaines sensations spéciales. Vous êtes le désirable mannequin où j'ajuste mes idéaux. Je ne vous demande que l'immobilité, au demeurant. Il se trouve que vous m'aimez ; je vous en loue grandement. Mais peut-être n'avez-vous pas assez réfléchi sur la façon dont vous comptiez m'aimer. Vous n'avez pas compris la distinction qu'il convenait de faire entre les caresses obligatoires et la véritable communion ; vous laissant égarer par la regrettable tradition, établie par une longue suite d'impulsifs, vous avez attaché plus d'importance au don de votre corps qu'au don de votre âme et vous avez pensé que la concession de celui-là impliquait l'abandon de celle-ci ; de là toute l'erreur de votre présente conduite.

ELLE. — Pourquoi ne vous être pas expliqué plus tôt? Si l'aimable jeu vous déplaisait, que ne vous en absteniez-vous complètement? J'au-

rais trouvé dans mon amour assez de force pour
museler la nature.

Lui. — Certes, j'aurais pu essayer le délicat
plaisir d'un supplice de Tantale. Mais j'aurais
ainsi compromis mon hygiène physique. J'ai
préféré faire par avance la part de mon inévita-
ble bestialité, et de la vôtre, ma chère âme. Je
m'aperçois aujourd'hui de mon inconséquence.

Elle. — Enfin, où voulez-vous en venir ?

Lui. — J'arrive au fait. Vous ne semblez pas
vous faire une idée suffisante de la valeur des
mots. Vous usez surtout du verbe *aimer* en des
situations où il est tout à fait déplacé. Ce vocable
est du reste tombé en désuétude ; pour manifes-
ter les pures jouissances où nous aspirons (moi,
sans doute, et vous, peut-être), il serait bon de le
remplacer par un mot plus noble et surtout plus
adéquat, par exemple : *je t'apprécie* ou *je te
situe*. Mais l'habitude vous fait défaut. Tout ce
que je vous demande, pour le moment, c'est de
ne plus employer *je t'aime* en certaines circonstances. Vous ne sauriez croire combien cela
m'énerve et me donne envie de vous battre. Je
suis très doux, pourtant.

(Elle *retient ses larmes*.)

LUI (*continue sans voir sa peine*). — Je vous serais très reconnaissant aussi d'une autre réforme. Évitez de prononcer pendant les séances des phrases sans suite : les « tu me fais mourir » par trop exagérés, les « non, c'est trop » flatteurs pour ma constitution robuste, mais si intempestifs ! La nature vous a douée de gestes qui suffisent à traduire l'expansion due à d'aussi ordinaires causes. Sachez vous en contenter... L'important est que nous profitions d'une absence de notre Moi pour perpétrer ces choses ; ne le rappelez pas par des discours entrecoupés.

ELLE (*froissée*). — En vérité, je ne vous suis plus.

LUI. — Je l'avais prédit ; je me devais à moi-même de vous avertir. Veuillez du moins retenir ceci : observez-vous ; point de cris séditieux.

ELLE (*lui sautant au cou*). — As-tu fini avec toutes tes histoires ? Embrasse ta petite femme, mon chéri.

LUI (*vexé à son tour*). — Je suis heureux de voir comme vous m'avez compris. Vous ouvrez les cages, maintenant. Il va falloir recommencer la petite gauloiserie de tout à l'heure, hein ? Ah ! non, non ! Rentrez les fauves.

(*Ça continue.*)

L'ADOPTÉE

A M° Jean Ajalbert.

« Messieurs, dit le Premier Président au Procureur et au Juge d'instruction, j'ai reçu jusqu'ici 2,715 demandes ; la situation de la petite Mélie Machefer paraît intéresser beaucoup d'âmes charitables. Je ne vous lirai pas toutes ces lettres ; mon secrétaire les a classées ; quatre d'entre elles vous donneront une idée suffisante du reste. Voici la première :

Monsieur le président,

Préoccupée d'accomplir la noble mission de charité que Dieu confia à ceux de ma race, je viens vous offrir de prendre à ma charge la fille de l'anarchiste Machefer, condamné à la déportation. J'élèverai cette enfant comme si elle était mienne, heureuse si la Justice veut bien m'autoriser à racheter des ténèbres la pauvre quasi-orpheline.

Veuillez recevoir, Monsieur le président, l'assurance de ma considération distinguée.

AUDE-BÉRENGÈRE, MARQUISE DE SION,

Présidente des Dames de l'Abnégation,
75, rue Saint-Thomas-d'Aquin.

» Nous avons reçu 200 lettres analogues à celle-ci et signées comtesse de Joppé, duchesse de Fonscray, princesse Balatiano, etc., etc. Passons à la seconde lettre :

Monsieur le président,

Machefer, en jetant sa bombe, a cédé à l'impulsion de la folie ; il n'est pas juste que la pauvre créature irresponsable des fautes du père, etc. (J'abrège les quatre pages de considérations lyriques.) *Mmmm... J'offre de me charger de son éducation et de son entretien jusqu'à sa majorité.*

*Je ferai en sorte qu'elle devienne une bonne ci-
toyenne utile à la Patrie et à la République.*

Veuillez agréer, etc., etc.

RÉGINALD DURAN,

Ingénieur civil, manufacturier,
président du comité républicain de S.-et-L.,
250, rue Rembrandt.

» Nous avons reçu 320 lettres pareilles ; le haut
commerce a donné. La troisième :

Monsieur le président,

*Je ne suis pas riche ; mais la modeste aisance
que j'ai acquise par mon travail me permet de
venir en aide à la malheureuse fille de Machefer.
Si vous le jugez bon, je prendrai la jeune Mélie
chez moi. J'accomplis simplement cet acte de fra-
ternité.*

MARCEL GEORGES,

négociant honoraire, président
de la Société chorale : *la Solidaire,*
27, rue du Faub.-St-Honoré.

» Le dossier contient 1,500 lettres de ce genre.
Notre quatrième modèle est plus suggestif encore :

Citoyen Juge,

Le groupe libertaire des **Irréconciliables,** *dont le compagnon Machefer fut le secrétaire, adopte la fille du condamné ; nous réclamons l'honneur de pourvoir à ses besoins, et de l'élever dans les idées que son père a défendues au péril de sa vie et de sa liberté. Je joins à ma lettre une attestation signée de Machefer.*

ROMAIN GINESTAL,

ouvrier tourneur,

président du groupe : *les Irréconciliables,*
312, boulevard de Charonne.

» N'est-il pas curieux et consolant aussi, de voir surgir tant de généreuses initiatives ? Toutefois j'ai pensé qu'il convenait de consulter, avec vous, Me Le Sénécal, l'avocat de Machefer. »

On introduisit Me Le Sénécal ; dès les premiers mots, il interrompit : « Je sais ; par une étrange coïncidence, copies de ces 2,715 lettres ont été adressées le même jour aux principaux journaux de Paris. Une seule solution est acceptable ; la petite Mélie a une mère. Laissons les enfants à leurs mères.

— Certes, mais Machefer, qui a reconnu sa
fille, n'a pas épousé sa maîtresse. Donc la justice est la tutrice en pareil cas. Nous ne saurions
laisser l'enfant aux soins d'une femme dont les
moyens d'existence ne sont pas légalement ap-
prouvés. »

Mᵉ Le Sénécal se retira. Après lui on consulta Machefer, on consulta les juristes renom-
més, on consulta quelques académiciens, l'ar-
chevêque de Paris, une douzaine de sénateurs,
le double de députés, on consulta l'opinion publique, on consulta même le chef de l'État.

Seulement on ne consulta pas la petite Mélie.

On décida que, pour contenter tout le monde
et son père, elle passerait alternativement six
mois chez la marquise de Sion, chez Réginald
Duran, chez Marcel Georges et chez le compagnon Ginestal. Jamais cote ne fut plus mal
taillée.

La marquise de Sion accueillit sa protégée
avec un enthousiasme un peu voyant. Elle s'efforça trop de la traiter en enfant de la maison,
ainsi qu'elle l'avait promis aux journaux. La
petite Mélie eut tout de suite quinze poupées
vêtues de valenciennes et leurs accessoires, des

costumes aussi merveilleux que ceux de ses
poupées, deux femmes de chambre et quatre
maîtresses d'un tas de choses.

Son actuelle fortune ne l'émut pas ; dès l'enfance elle avait accoutumé de se considérer
comme une chose sans importance que le cours
des événements ballottait de ci, de là ; rien ne
l'étonnait. Elle joua avec ses belles poupées,
mais elle évita de les casser et ne leur donna
pas de noms, n'étant pas bien sûre qu'elles lui
appartinssent ; la destinée les lui prêtait.

Dans sa vie, il y avait un gros ennui : l'obligation de représenter. Chaque jour, les femmes
de chambre l'habillaient de velours et de four-
rures, et la promenaient ostensiblement aux
alentours de l'hôtel, de façon à montrer aux
compagnons de Machefer comme on avait soin
de la petite anarchiste.

Lorsqu'il y avait réception, elle devait descendre tout atourée au salon ; elle s'asseyait,
très sage, sur un pouf, ne bougeait mie ; et les
visiteuses défilaient devant elle, la détaillaient,
braquaient leurs face-à-main, s'exclamaient :
« C'est la fille de l'anarchiste, n'est-ce pas ?
C'est beau, ce que vous avez fait là, ma chère

amie... Elle est jolie, cette petite... vous êtes
heureuse, vous, vous voilà vaccinée contre la
dynamite. Ces horreurs vous épargneront. A
propos, nous donnons un bal, le 10 de ce mois ;
ne pourriez-vous pas nous prêter votre protégée ? Je vous promets de vous la rendre le
lendemain. » Je crois bien que la marquise était
heureuse ! Outre que sa protégée la protégeait,
elle était une attraction superbe, dont nul autre
salon n'offrait l'égale.

Cependant la petite Mélie s'ennuyait ferme
durant ces séances.

Les maîtresses ne l'ennuyaient pas moins,
parce qu'elles la harcelaient sans cesse ; mais,
dès qu'elle devenait un peu pâle, on cessait les
leçons de piano, de grammaire et autres arts
d'agrément. On la menait à la messe, à vêpres,
aux neuvaines, aux carêmes, aux solennités
musicales, aux sermons ; on lui inculquait des
principes ultra-religieux, et concurremment on
lui apprenait à révérer la mémoire des monarques dont la chronologie est si rude à retenir.

Les six mois réglementaires écoulés, elle
quitta la marquise. Scène de larmes sur le per-

ron de l'hôtel, entrefilets dans les journaux.
Mélie se demanda : « Qu'ai-je fait pour être
tant aimée? »

Chez Réginald Duran, mêmes cérémonies.
La petite Mélie fut promenée partout, de fête
en fête ; elle connut les joies du bal d'enfants,
les arbres de Noël, les goûters fastueux ; elle
eut des poupées encore plus belles et des institutrices encore plus savantes ; on lui supprima
l'enseignement religieux ; à la place de Dieu et
des monarques, elle vénéra les grands principes de 93. On la présenta aux ouvriers de la
fabrique, et tous les quinze jours elle allait les
visiter, accompagnée de Réginald Duran qui la
couvrait d'ostensibles caresses : car le péril social ne diminuait pas. Et plus le péril social imminait, plus la petite Mélie était choyée, adulée,
comblée de bonbons et de jouets. Elle passa une
demi-année de délices dans le monde du haut
négoce. Puis on la repassa au ménage Georges.

La transition lui fut un peu brusque ; le ménage Georges pratiquait l'avarice ; or la petite
anarchiste, habituée au luxe, souffrit beaucoup
de l'existence parcimonieuse qu'on lui imposa.
Puis le ménage Georges enrageait d'accepter

cette intruse et n'osait pas lui témoigner le
moindre mécontentement. Il s'ensuivit une certaine gêne ou froideur dans les relations. Marcel Georges préféra la mettre dans un lycée de
jeunes filles ; la directrice du collège Montes-
pan fut enchantée : elle garantissait aux familles
la sécurité des pensionnaires. Les professeurs
s'intéressèrent à elle ; par exemple, comme elle
en était à sa troisième méthode d'éducation, elle
se trouvait un peu désorientée. Les principes
dont on lui enseignait le respect changeaient
tous les six mois ; les nouveaux contredisaient
les anciens ; on lui apprit l'anglais de trois manières différentes ; jusqu'au doigté de piano qui
n'était plus le même. Ainsi Mélie gagna le mépris des principes, des lois, des méthodes et des
doigtés.

Au bout de six mois, quand on la délivra, elle
n'y voyait goutte dans son âme, pas plus que
dans l'existence. Le compagnon Romain Ginestal prit livraison de sa pensionnaire et alors...
Oh ! alors, ce fut le dernier avatar sociologique
de la malheureuse. Le nouveau milieu où on
allait la cultiver n'était pas pour la réconforter.
Ginestal habitait, boulevard de Charonne, une

maison de briques rouges; au rez-de-chaussée,
il tournait sur bois; au premier étage, il dirigeait un club libertaire; dans la cave, il impri-
mait un journal : *Le Sang*. A la vérité, il était
surtout ouvrier tourneur de têtes, un peu poli-
cier, un peu cabaretier; nuit et jour sa maison
était pleine d'amis, comme celle du compagnon
Socrate. Là-dedans la petite Mélie joua le rôle
prépondérant; elle était enfin revenue, la fille
de leur frère captif, l'enfant du sacrifice! On
l'avait tirée des mains ennemies. On lui trans-
mettrait l'héritage de son père, les fameuses
Idées. Quelles idées? Mais les Idées, parbleu!
les Idées, vous savez! On la monta sur un ta-
bouret, elle servit d'immuable thème à déclama-
tion, tel un buste de la République.

D'abord on lui débarbouilla l'intellect, sali
par la contagion bourgeoise. Après sévère
examen, elle fut remise à quatre compagnons
qui lui rectifièrent le jugement d'après les théories les plus récentes.

Néanmoins, au milieu de ces cabotinages dis-
cords, tiraillée à hue et à dia, sans cesse expo-
sée à la curiosité, la petite Mélie pensait : « Mon
Dieu, qui tantôt existez, tantôt n'existez pas, ne

puis-je pas être une créature comme toutes les créatures, tranquille dans mon coin, une petite fille pas historique, qui vivrait une vie très simple! »

Elle revint à l'hôtel de Sion. Le péril social n'imminait plus; l'anarchie laissait du répit aux monuments. On ne fit plus attention à l'enfant-paratonnerre. Défuntes, les belles poupées! Congédiées, les institutrices! Mélie erra parmi la domesticité, vécut avec ses anciennes femmes de chambre. Tous les 36 du mois, la marquise la rencontrant par hasard lui demandait distraitement : « Te voilà, petite! tu as ce qu'il te faut? » et se détournait. La fillette ne sortait guère de sa mansarde, lisait les romans prêtés par les bonnes ou écoutait les conversations des palefreniers. Elle se sentait isolée, et triste à mourir.

Chez Réginald Duran, elle n'eut même pas la ressource de l'isolement; bien entendu, elle mena dans la maison du manufacturier l'existence de quasi-domestique, qu'elle avait inaugurée à l'hôtel de Sion. D'ailleurs on avait hâte de la renvoyer; elle semblait reprocher au haut commerce sa lâcheté d'antan, et lui rappelait

qu'il avait tremblé devant une poignée de ban-
dits.

Le ménage Georges poussa les hauts cris; on
ne recommençait pas deux fois ces plaisante-
ries-là. Heureusement que la fille d'adoption
tomba gravement malade; le ménage Georges
la fit entrer à l'hôpital où elle resta ses six
mois.

Lorsqu'elle sortit de l'hôpital, nul ne put lui
indiquer la demeure de Romain Ginestal. L'ouvrier tourneur avait filé avec les fonds du club.
Les compagnons ne voulurent pas se charger
d'elle, craignant d'attirer l'attention de la police.

Elle s'adressa aux magistrats, qui lui répondirent : « Voyez vos autres protecteurs! » La
marquise de Sion était dans le Midi; elle arriverait à Pâques, au plus tard à la Trinité.
Réginald Duran venait de mourir. Le ménage
Georges, sollicité, hurla : « Merci, nous sor-
tons d'en prendre! » ce qui était plutôt trivial.
L'enfant de tout le monde, qui avait possédé
2,715 familles, n'en avait plus une seule.

L'injustice des hommes lui fut ainsi révélée;
tous, depuis ceux qui possèdent des hôtels jus-

qu'à ceux qui les démolissent, tous ne sont que des cabotins égoïstes et peureux. Elle sentait grandir dans son cœur la protestation contre la cruauté dont elle était victime. Certain soir, elle essayait de mendier, près de l'Opéra. Lasse, épuisée, elle regardait passer les beaux équipages. La haine lui monta à la tête; elle ramassa un caillou et le lança contre la glace d'un coupé armorié, en criant : « A bas tout le monde ! » La glace fut à peine fêlée; mais des gardiens de la paix accoururent, saisirent Mélie Machefer et la conduisirent au bloc.

La marquise de Sion, revenue de voyage, se trouvait dans ce coupé. Mettant la tête à la portière, elle aperçut dans le lointain une pauvre petite figure de poupée disloquée qui se débattait entre trois courageux sergents de ville. Elle fouilla vainement dans un tas de souvenirs, si confus, des souvenirs de rebut, et murmura, tandis que le coupé reprenait sa marche : « C'est bizarre ! Il me semble que j'ai vu cette figure-là quelque part... »

FIN

TABLE

EMILE COLIN. — Imp. de Lagny.

AUTEURS CÉLÈBRES
à 60 centimes le volume
En jolie reliure spéciale à la collection **1 fr. le volume.**

Envoi franco contre mandat ou timbres-poste.
CHAQUE OUVRAGE EST COMPLET EN UN VOLUME

AVIS DE L'ÉDITEUR

Le but de la collection des *Auteurs célèbres*, à **60** *centimes* le volume, est de mettre entre toutes les mains de bonnes éditions des meilleurs écrivains modernes et contemporains.

Sous un format commode et pouvant en même temps tenir une belle place dans toute bibliothèque, il paraît chaque quinzaine un volume.

CHAQUE OUVRAGE EST COMPLET EN UN VOLUME

En jolie reliure spéciale à la collection, 1 fr. le

ENVOI FRANCO CONTRE MANDAT OU TIMBRE

PARIS. — IMPRIMERIE E. FLAMMARION, RUE RACINE.

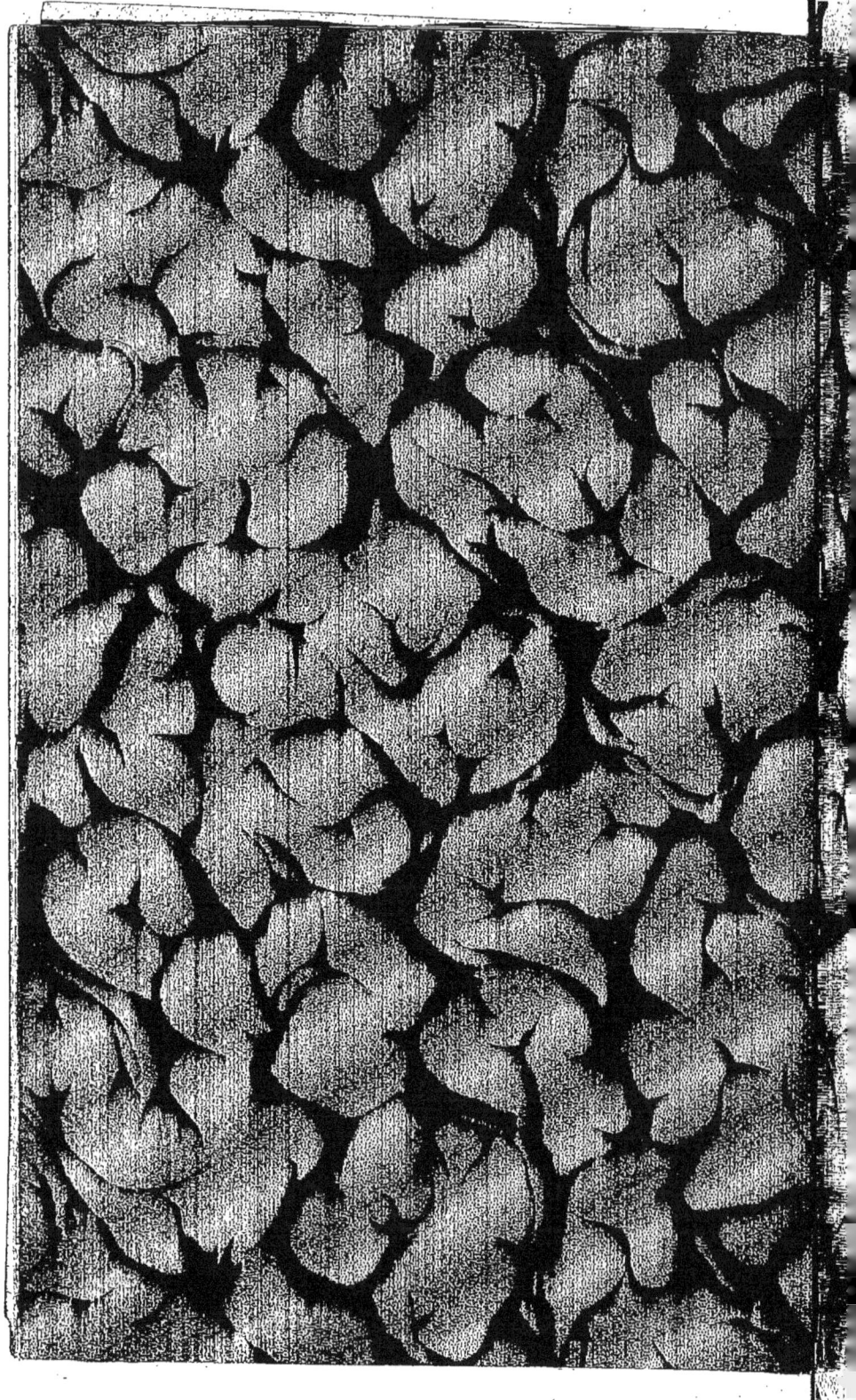

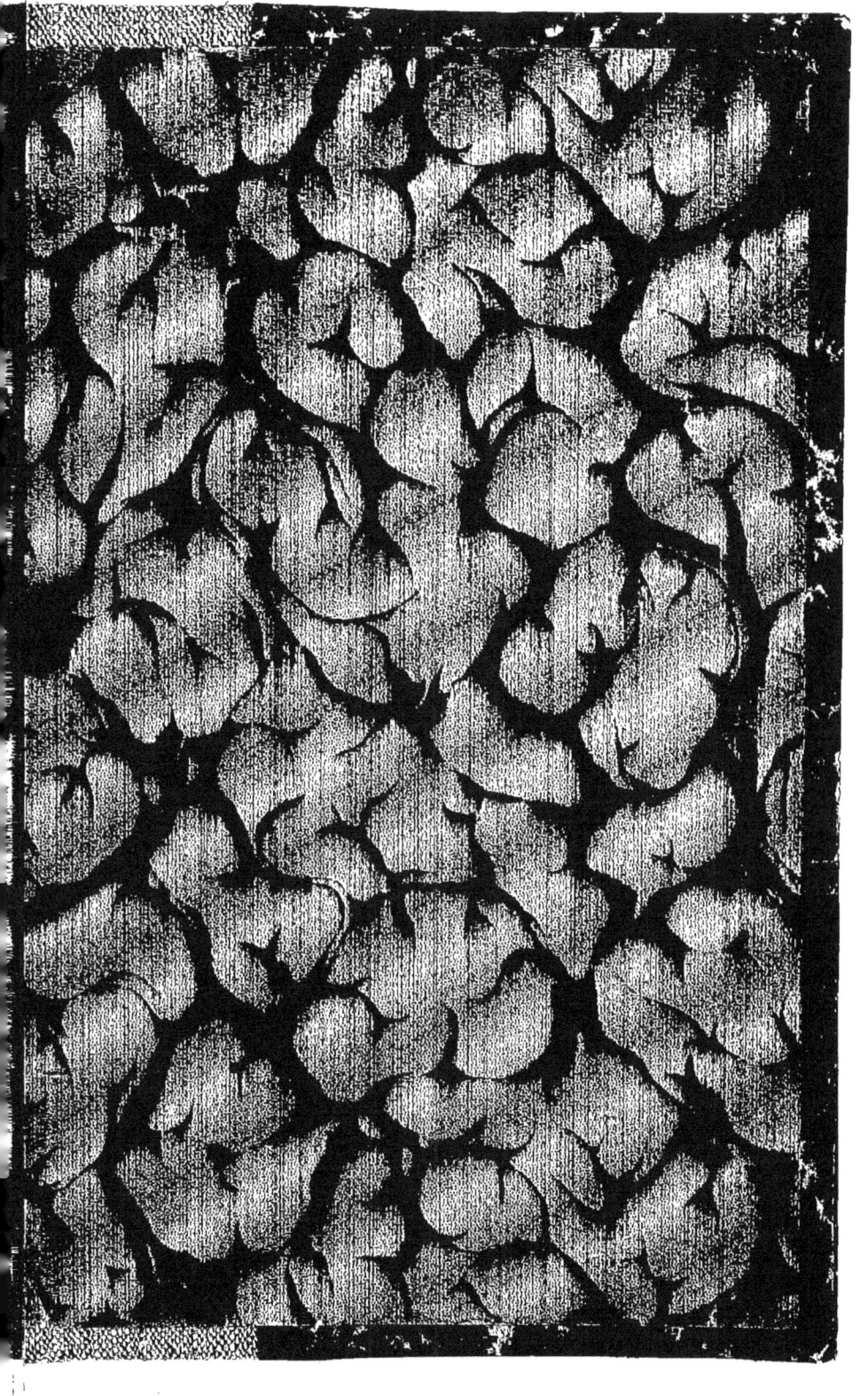

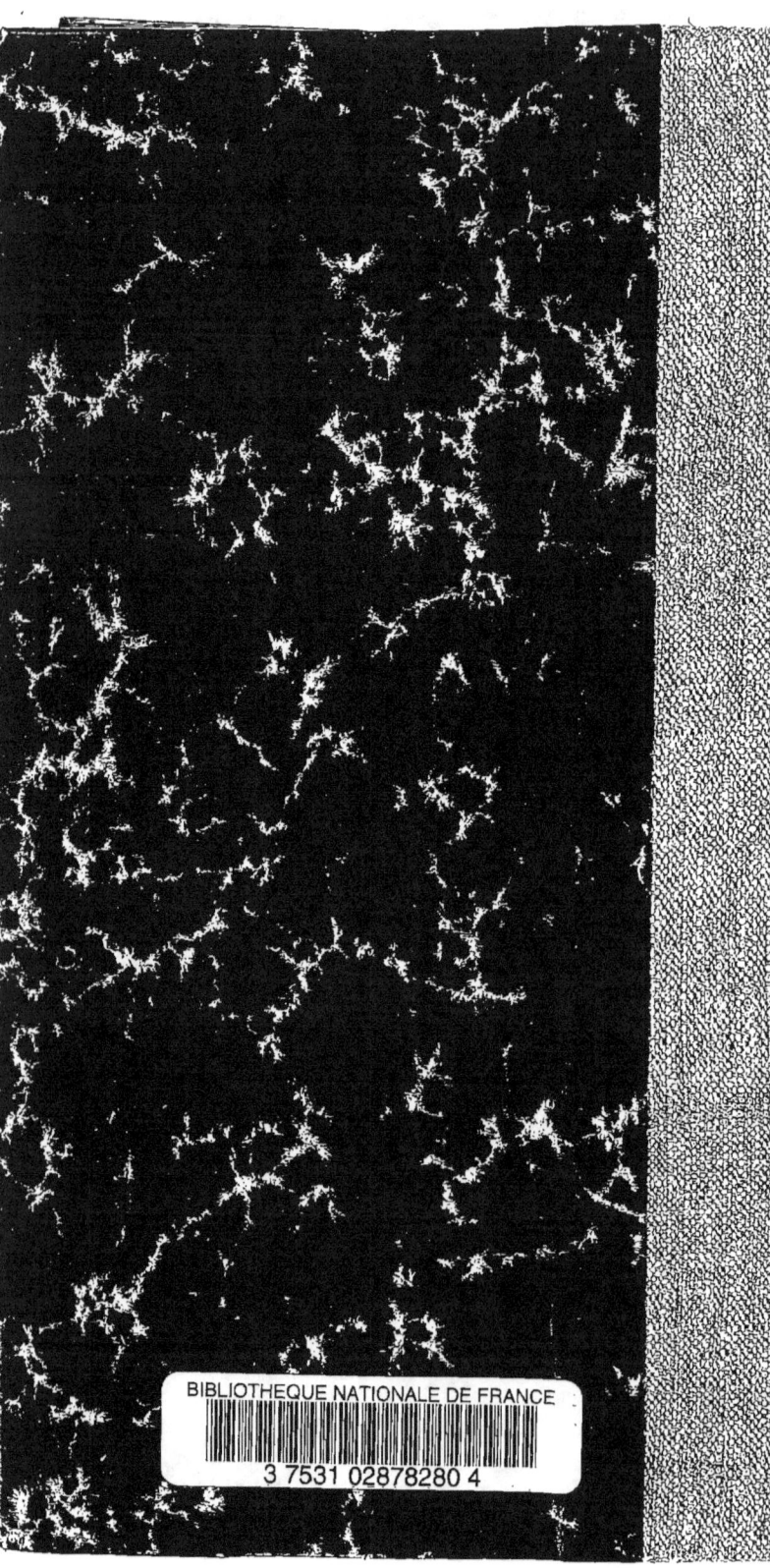

www.ingramcontent.com/pod-product-compliance
Lightning Source LLC
Chambersburg PA
CBHW070501030726
47503CB00004B/1130